SAVANA

LA PRINCESSE DE LA SAVANE

Roman

Mame Diarra Bousso Ngom

SAVANA
LA PRINCESSE DE LA SAVANE

Roman

10 VDN, Sicap Amitié 3, Lotissement Cité Police, DAKAR

Direction@senharmattan.com
librairie@senlibrairie.com

ISBN : 978-2-336-41552-9
EAN : 9782336415529

Prologue

Mon nom est Savana. Âgée de seize ans, je suis une fille guerrière, la savane de l'Afrique est ma maison.

Mes parents « lions » m'avaient raconté que j'étais orpheline depuis ma naissance. Ils m'avaient fait croire que ma mère biologique n'avait pas survécu à son accouchement et que mon père, attaqué par un léopard, avait été tué. Depuis, j'ai été recueillie par eux, ils m'ont élevée et ont fait de moi ce que je suis devenue. Pendant des années, je vivais entourée par les animaux et la végétation. J'ai appris à parler toutes les langues animales y compris ma langue humaine en espionnant les chasseurs et les visiteurs de la savane, à marcher, à chasser grâce aux autres lionnes de la savane, à me défendre grâce aux lions et à grimper aux arbres grâce aux gorilles et aux singes et à nager comme les poissons. Tous les animaux me considéraient comme leur petite protégée. Ils me nourrissaient, me couvraient avec les peaux des bêtes comme les hommes de la Préhistoire et me soignaient avec les plantes. Mais ma vie n'a pas été facile à cause des humains.

Ces derniers tuaient les animaux ou les transformaient en animaux dociles, coupaient les arbres pour les transformer en des choses pour je ne sais quelle utilité, et le pire, ils ne respectaient en rien la nature et passaient leur temps à la polluer. C'est pour cette raison que mon but est de protéger coûte que coûte la nature et d'éloigner tous ceux qui essayeront de la détruire.

C'était un matin comme les autres, je nageais dans l'eau avec Dolf, mon ami dauphin, quand la reine de la savane, la femme du roi lion, qui est aussi ma mère, vint.

– Ma chérie, rentrons à la maison, ton père veut te voir.

– OK m'man, salut Dolf ! dis-je en sortant de l'eau.

– Salut ! répondit-il en replongeant.

Je rentrai à la maison avec ma mère. Arrivées, mon petit frère Leonel et ma petite sœur Leona jouaient ensemble pendant que Scarfure, le plus âgé de la famille et le futur héritier du trône, prenait son repas. Je n'ai jamais su pourquoi, mais depuis que je suis arrivée dans la meute, il a toujours tout fait pour me rendre la vie impossible, mais je ne l'ai jamais laissé me la pourrir.

Ma mère alla chercher mon père qui arriva sans tarder. Il s'approcha de moi.

– Savana, ma chère petite fille, tu auras tes seize ans demain, tu vas devoir aller vivre seule comme une personne indépendante et c'est donc pour cette raison que je t'offre ceci, termina-t-il en me donnant une lance.

– Wow, papa, elle est trop belle, c'est vraiment pour moi ?

– Bien sûr, pour qui d'autre voudrais-tu que ce soit ? En tout cas avec cette lance, tu pourras chasser pour te nourrir et te défendre contre les prédateurs qui voudront te dévorer.

– Merci, papa, je te promets d'en prendre grand soin.

– Je n'en doute pas une seule seconde, allez, va préparer tes affaires.

Sans hésitation, je partis dans la grotte pour faire mes affaires. Pendant que je rangeais le nécessaire, mon petit frère et ma petite sœur vinrent tristement vers moi.

– Alors c’est vrai, tu pars demain ?

– Oui, mais ne vous inquiétez pas, je viendrai vous voir de temps en temps, promis.

– Surtout, ne t’empresse pas de revenir, sinon nous allons croire que tu es toujours un bébé.

– Merci, Scarfure, mais je ne pense pas avoir besoin de ton sarcasme.

– En tout cas une chose est sûre, je serai le lion le plus heureux du monde si tu pars définitivement de la savane, dit-il en grognant.

Le lendemain, je pris mes affaires et je dis au revoir à ma famille. Bien sûr, Scarfure souriait pendant que les autres pleuraient. Après de tristes et longs au revoir, je me mis en route. Je marchais tout en admirant la beauté de la savane, tout en saluant les animaux que je croisais. Après une longue marche, je m’arrêtai devant un grand pommier, des buissons à baies et des fraises bien mûres, où je construisis une hutte à partir de branches, de longues feuilles et de lianes. J’y rangeai mes affaires et je me mis à cueillir des fruits et pêcher quelques poissons pour mon déjeuner, que je mis dans un bol fait à base de feuilles et de sève collante des arbres. Je montai en haut de l’arbre pour manger et admirer la belle vue sur la savane.

À la nuit tombée, j’allumai un feu pour me réchauffer en mangeant des pommes quand soudain, j’entendis le bruit d’une explosion.

« Des chasseurs, me suis-je dit, il faut que j’aille voir. »

Je grimpai d’arbre en arbre, me balançant de liane en liane jusqu’aux chasseurs. Cachée dans un buisson, je les observais. Ils étaient en train de tirer des balles sur un fennec. Je pris ma lance et la jetai sur un cocotier qui fit tomber des noix de coco qui assommèrent les chasseurs, permettant ainsi au fennec de s'enfuir. Je profitai de leur sommeil pour ramasser quelques noix de coco, puis je retournai chez moi.

Tard dans la nuit, le craquement d'une branche me réveilla. Je pris ma lance puis sortis de ma hutte. Je me dirigeai sur la pointe des pieds vers un buisson qui se mit à trembler. Je pointai ma lance vers le buisson quand le fennec que j'avais sauvé sortit. Je baissai ma lance.

– Salut toi, tu t'es perdu ? dis-je en me baissant vers lui.

– Non, Madame, en fait je n'ai plus de maison.

– Oh mon pauvre petit, et pourquoi tu n'as plus de maison ?

– Ce sont ces deux chasseurs qui l'ont détruite et ont même tué toute ma famille, donc je suis tout seul.

– Encore les humains, dis-je en grognant. Ne t'inquiète pas, si tu veux, tu peux rester avec moi, il y a assez de place dans ma hutte pour deux.

– C'est vrai, je peux rester avec vous ?

– Bien sûr que tu peux, allez viens, entre.

Le lendemain, le petit fennec, ou Lanz, comme je l'avais surnommé, et moi allâmes à la rivière pour boire, puis dans la vallée pour chasser. Après un bon petit-déjeuner, je montai en haut d'un arbre pour prendre quelques fruits quand j'entendis un bruit venant des buissons. Je m'en approchai avec ma lance en main.

– Boo !

Je sursautai. C'était Rage, du clan des tigres. Il était aussi humain comme moi. Il avait des cheveux rouges, des yeux verts et contrairement à moi, sa peau était un peu plus claire. Son arme était une grosse massue. Rage était mon meilleur ami. Depuis petits jusqu'à maintenant, on est toujours ensemble. Toute la forêt nous appelait « les inséparables ». Même si parfois, étant un enfant guerrier, et qu'il devait s'entraîner avec les tigres les plus féroces et sauvages, je restais seule.

Rage sortit des buissons.

– Bah alors, notre très chère gardienne a eu la frousse ?

– Très drôle, Rage, répondis-je en me levant.

– Très jolie, ta hutte, qui t'a aidée à la faire ?

– Personne ne m'a aidée, je l'ai faite moi-même.

– Je sais et c'est pour cette raison que je crains qu'elle soit détruite au moindre coup de vent.

Un petit instant plus tard, Tikko, l'oiseau qui veillait sur la savane par les airs, vint vers moi.

– Savana, un humain a été détecté dans la savane.

– Merci, Tikko, je m'en occupe.

– Je t'accompagne, c'est peut-être dangereux.

– C'est bon, monsieur l'ange gardien, je suis assez grande pour me débrouiller toute seule et puis j'ai déjà affronté des tigres, alors un humain, ce n'est absolument rien.

Je le laissai seul, puis partis. De liane en liane, aussi habile et rapide qu'un singe, je me balançais dans les arbres. Arrivée au lieu indiqué par Tikko, je vis un garçon, chevelure bleue, yeux noisette et avec un habillement étrange. Il était en train de lire une carte et de regarder les lieux comme s'il était perdu. Je descendis de l'arbre et le stoppai. Je lui pointais ma lance.

– Qu'est-ce qu'un humain fait ici ?

– Euh ! Bonjour, mon nom est Michael et je me suis perdu, et vous ?

– Mon nom est Savana, gardienne de cette savane et mon rôle est de veiller à ce que les humains de ton genre ne touchent pas à la savane. Alors tu as intérêt à partir si tu ne veux pas que je te transforme en mon prochain repas.

– Wow, mollo avec ta lance ! Je t'ai dit que je me suis perdu alors je ne sais pas par où aller pour rentrer.

Je baissai ma lance.

– Mais dis-moi, Savana, tu ne devrais pas non plus rentrer chez toi ? Il y a beaucoup de prédateurs dans les environs.

– Je sais et alors ?

– Tu n'as pas peur qu'ils te fassent du mal ?

– Moi, avoir peur ? répondis-je en riant. Je n'ai peur de rien ni de personne.

– Si tu le dis, mais tu ne saurais pas où se trouve le chemin pour aller en ville ?

– Fais demi-tour et avance tout droit et tu seras en ville.

– Merci.

Il partit. Je retournai dans ma hutte pour me reposer.

Du côté de Michael, il avait réussi à retrouver son chemin et il avait pu rentrer chez lui. Le soir, pendant l'heure du dîner, il était assis sur une table avec sa famille composée de sa mère, de son père et de son grand frère.

– Alors mon chéri, comment s'est passée ta journée ?

– Bien, Maman.

– Tu n'as pas eu de problème en te baladant ?

– Non, à part le fait que j'ai failli me perdre dans la savane, mais une jolie fille du nom de Savana m'a aidé.

– Attends, tu as bien dit une fille, que tu as rencontrée dans la savane ?

– Oui une fille, pourquoi cette question, Papa ?

– Juste par pure curiosité, fiston, tu pourrais la décrire ?

– Bien sûr, elle porte un petit haut et une petite jupe en peau de lion, elle avait aussi de longs cheveux noirs, une peau noire, des yeux verts et elle avait aussi quelques cicatrices au visage.

Ses parents se regardèrent, confus, puis effrayés. Michael ainsi que son frère les regardèrent encore plus confus. Leur mère se leva et alla aux toilettes, enfin, elle fit semblant d'aller aux toilettes mais en réalité, elle appelait son ami Will, qui était dans les services sociaux.

– Allô ?

– Allô, Will, c'est moi.

– Oh, bonsoir Barbara, que me vaut l'honneur de cet appel ?

– Eh bien tu te souviens du jour où deux chasseurs sont revenus de la chasse et ont affirmé qu'une jeune fille noire aux cheveux noirs les avait attaqués ?

– Oui pourquoi ?

– Mon fils était sorti se promener dans la savane et il a croisé la même fille avec la même description que celle des chasseurs.

– Quoi ? Barbara, es-tu sûre de ce que tu racontes ?

– Will, mon fils n'est pas du genre à mentir ou à faire des farces, alors je crois que nous devrions quand même vérifier.

– Bon, d'accord.

– Merci beaucoup.

Le lendemain, j'étais avec mes amis du côté du fleuve. Nous étions sept.

Fauve, une fille élevée par des guépards, était de teint noir noisette, des yeux bruns et de courts cheveux gris attachés en queue de cheval avec comme tenue une petite robe noire en peau de guépard. Son arme était un grand bâton long et solide qui résistait à n'importe quoi.

Griffe, un garçon élevé par des léopards, avait un teint noir assez clair, des cheveux bleus se limitant à ses épaules, des yeux bleus et il portait un petit pagne en peau de léopard. Son arme était une sorte d'épée, seulement, le bout était fait en crocs d'alligator et le manche était un bâton de longueur moyenne.

Cros, un garçon élevé par des jaguars, avait une peau sombre, des yeux rouges, des cheveux blancs qui se limitaient à la moitié de son dos et un petit pagne en peau de jaguar. Son arme n'était constituée que d'un arc et de flèches en bois.

Darka, une fille élevée par des panthères, avait un teint noir assez sombre, des yeux noirs, une longue chevelure rousse et elle portait un petit haut et une petite jupe en peau de panthère noire. Ses armes étaient deux longs bâtons avec des crocs de crocodile tout au bout.

Lance, une fille élevée par des lynx, avait un teint noir comme le mien, des cheveux lisses qui se limitaient à la moitié de son dos, des yeux verts forêt et une petite robe en peau de lynx. Ses armes étaient quatre boomerangs en bois.

Ainsi que Rage et moi.

Nous avions tous les sept grandi ensemble et nous jouions beaucoup ensemble bien que nos habitats soient un peu loin les uns des autres.

Nous nagions quand soudain, un oiseau voyageur de mon habitat vint.

– Savana, viens vite, il y a des humains qui rôdent près de ta hutte.

Sans hésiter, je pris ma lance, dis au revoir à mes amis et partis à toute allure vers ma hutte. Arrivée, je vis un groupe d'humains qui rôdait autour et avec eux, le garçon que j'avais aidé.

« Je savais que je n'aurais jamais dû aider ou faire confiance à un humain. Je vais en finir avec eux. »

Je bondis vers eux. Ils avaient tous l'air choqués et aussi assez terrifiés.

– Que faites-vous sur mon territoire ? leur demandais-je en pointant ma lance vers eux.

– Wow, une enfant sauvage ! dit un homme.

– Écoutez, jeune fille, mon nom est Florence et je travaille pour les services sociaux qui aident les enfants en difficulté.

Je lui lançai un regard sérieux et curieux.

– Je sais que ça doit être dur pour toi de devoir vivre dans un endroit comme celui-ci, alors mon équipe et moi nous sommes là pour t'aider.

– Je n'ai nullement besoin d'aide et encore moins d'une aide venant d'êtres comme vous qui ruinent les belles choses que nous a offertes mère Nature.

– Mais jeune fille…

– Savana.

– Bon, Savana, la savane n'est pas un endroit pour une enfant comme toi, laisse-nous t'emmener en ville. Tu verras, tu aurais une bien meilleure vie, des amis, une famille, nous t'inscrirons à l'école, etc.

– Assez ! Je suis une enfant de la savane et je ne laisserai rien ni personne me faire partir de mon habitat. Je n'irai jamais dans cette chose ignoble que vous appelez ville, je ne fréquenterai jamais vos lieux du savoir et je ne toucherai jamais à votre nourriture empoisonnée. La savane est ma maison. J'ai appris beaucoup de choses grâce à elle. Elle m'a nourrie, m'a accueillie, m'a protégée, m'a soignée et m'a enseigné les choses utiles de la vie. Alors je ne viendrai jamais vivre dans cet endroit sans vie qu'est la ville, là où les animaux sont mis en cage au lieu d'être libres, là où les arbres sont abattus au lieu de vivre, là où l'air est pollué et irrespirable et là où vous, les hommes, vous n'êtes que des êtres sans cœur et sans scrupule. Maintenant, partez et ne revenez plus ou je vous transforme en mon prochain repas.

Sans discuter, ils partirent tous avec leur drôle de boîte roulante. Une fois partis, mes amis descendirent d'un arbre.

– Alors là, Savana je suis époustouflé, dit Rage, tu les as vraiment fait taire et fait partir.

– Je sais.

– Mais franchement ils sont gonflés, dit Cros, ils viennent comme ça et ils veulent te ramener chez eux, dans cet enfer ?

– Mouais, il faut vraiment être timbré pour vouloir aller vivre en ville.

Nous nous mîmes à rire.

Le soir, je dormais dans ma hutte quand j'entendis un bruit. Je suis sortie pour voir et avant même d'apercevoir une ombre, j'ai été piquée par quelque chose à la jambe.

Une seconde plus tard, tout devint de plus en plus noir et je finis par perdre connaissance.

À mon réveil, j'étais à l'intérieur d'un endroit blanc avec beaucoup de trucs bizarres. Soudain, une femme habillée avec une sorte de costume blanc, des cheveux roux et des yeux bleu océan entra. C'était Florence.

– Bonjour, Savana, bien dormi ?

– Qu'est-ce que… ? Où est-ce que je suis et pourquoi je ne suis plus dans ma hutte ?

– Tu es en ville, à l'hôpital.

– Quoi ? Vous m'avez enlevée ?

– Au contraire nous t'avons sauvée. Tu as vécu dans la savane pendant des années sans aucune éducation ni aide, alors j'ai décidé d'y remédier en t'amenant ici et en te faisant découvrir la vraie vie humaine.

Folle de rage, je voulus attraper ma lance, mais je ne la trouvais pas.

– Où est-elle ?

– Ta lance ? Nous l'avons gardée en lieu sûr.

– Quoi ?

– Voyons chérie, nous ne voulons pas que tu te blesses.

Soudain, j'entendis un grincement.

– Ah ! ta nouvelle famille est arrivée.

– Nouvelle famille ?

Une seconde plus tard, une femme et un homme accompagnés du petit humain que j'avais sauvé, Michael, et d'un autre humain que je n'avais encore jamais vu, entrèrent avec un bouquet de fleurs, une boîte rose avec un ruban rouge et une feuille où il était écrit « bienvenue dans notre famille ». Folle de rage, je sautai sur Michael.

– Stupide humain, c'est à cause de toi que je suis dans cette situation ! Je savais que je n'aurais jamais dû te sauver, j'aurais dû te laisser pourrir dans la savane et te faire dévorer par les bêtes sauvages !

J'étais sur le point de le griffer avec mes longs ongles quand deux hommes habillés en blanc me saisirent. Je me débattis pour me libérer. Florence s'excusa auprès de cette famille pour mon comportement, puis ils me firent monter dans la même boîte avec des roues. Sans m'en rendre compte, une demi-heure plus tard, j'étais dans la maison de cette famille. L'homme de la maison m'emmena dans une drôle de salle qui avait un lit, une table avec une chaise, un tapis et tout le soi-disant confort nécessaire pour un adolescent. La femme faisait le dîner et Michael était dans sa chambre et parlait avec quelqu'un. J'ouvris la fenêtre et je regardai la ville.

Comme on me l'avait appris, un endroit sans vie. Pour la première fois de ma vie, je m'effondrai et commençai à pleurer en pensant que je n'allais plus jamais revoir ma maison, mes amis et surtout ma famille.

Du côté de la savane, comme je le pensais, certains animaux avaient assisté à la scène de mon kidnapping, mais n'avaient rien pu faire parce que c'étaient les animaux les plus faibles de la savane. Ces derniers prévenaient tout le monde de ce qui s'était passé. Comme je le craignais, mes amis étaient dévastés, ma famille bouleversée, sauf un, et la savane en panique. Mon père dut convoquer mes amis pour trouver une solution.

– Nous ne pouvons pas rester sans rien faire, Votre Majesté. Dieu seul sait quel genre de torture les humains de la ville sont en train de lui infliger. Nous devons immédiatement partir à son secours, dit Rage.

– Je sais, Rage, je sais et crois-moi, je suis infiniment plus inquiet que toi à l'idée de savoir quel genre de torture ils sont en train d'infliger à ma fille ; mais nous ne devons pas partir tête baissée sans avoir un plan.

– Et que nous proposez-vous, Votre Altesse ? demanda Cros.

– Je ne sais pas, je dois y réfléchir.

– Oh, ne perds pas ton temps, Papa, dit Scarfure, Savana est une humaine et j'ai entendu dire qu'à chaque fois qu'un humain entrait en ville, il est si bien traité qu'il ne risque pas d'en ressortir.

– Tu crois vraiment qu'ils vont nous prendre Savana pour de bon ? commença Leonel.

– Et qu'on ne la reverra plus jamais ? termina Leona.

– Exactement.

– Scarfure, cria ma mère, comment peux-tu dire une chose pareille ? Savana est ta sœur et un membre de la savane comme ses amis. Elle reviendra, je le sais, je connais ma fille et elle finit toujours par trouver un moyen de s'en sortir.

– Comment tu peux en être aussi sûre, Maman ?

– Je suis sa mère, j'ai eu à la nourrir et à l'élever comme telle ; alors je sais et je sens qu'elle nous reviendra bientôt. En attendant, nous n'avons plus qu'à prier.

– Sauf votre respect, Votre Altesse, je suis un peu du même avis que Scarfure. Les humains de la ville sont très rusés et peuvent avoir tout ce qu'ils veulent. Savana est une humaine comme eux et nous : et ils peuvent tout faire pour la garder là-bas et la transformer en l'une des leurs. Nous risquons de ne plus jamais la revoir, affirma Griffe.

– Oui, Griffe a raison, continua Darka, l'un de nous doit immédiatement se rendre en ville et la sauver.

– Non surtout pas, protesta le roi, si l'un de vous s'y rend, ils risquent de vous prendre aussi vu que vous êtes des humains, et si c'est un animal, il risque de se faire tuer. Mieux vaut faire comme la reine a dit et attendre en priant.

Mes amis finirent par céder aux ordres de mon père.

Le soir, en ville, j'étais assise sur le lit quand Michael vint.

– Qu'est-ce que tu veux ?

– Je sais que tu me détestes à cause de ce que j'ai fait et je sais aussi que je ne pourrais jamais entièrement gagner ton pardon, mais je peux essayer petit à petit.

Il sortit quelque chose de son dos. C'était ma lance.

Je bondis du lit et la pris.

– Comment ?

– J'ai beaucoup discuté avec Florence et je l'ai convaincue de te rendre ta lance.

– Hum, je suppose que je dois te remercier, dis-je en mettant la lance à mon dos, même si c'est à cause de toi que j'ai failli la perdre.

– Je sais, rigola-t-il timidement, allez, viens, Maman nous appelle pour le dîner.

Sur leur table, ils avaient servi sur un plat cylindrique de la salade et des légumes.

– Maman, tu as fait de la salade un samedi, mais on est censé avoir un ragoût de poulet.

– Michael, je te signale qu'aujourd'hui, nous avons un nouveau membre dans la famille, alors j'ai voulu faire un plat vert pour Savana. Savana, est-ce que mon plat te rappelle tes plats de la savane ?

– Mes plats n'étaient constitués que de viande, de poisson et de fruits. Alors ceci ne me rappelle rien de ma maison.

Je finis le plat en un clin d'œil, puis je partis dans ma chambre.

– Ne t'inquiète pas, ma chérie, il lui faut juste un peu de temps, dit l'homme de la maison en réconfortant sa femme, qui était triste.

Dans ma chambre, j'étais assise sur le lit. Je pensais à ma famille et à mes amis qui devaient être morts d'inquiétude et je recommençai à pleurer. J'ai sûrement dû m'endormir, car à mon réveil il faisait déjà jour. La porte s'ouvrit et Michael vint vers moi avec un plateau carré et le mit sur la table.

– Bonjour Savana, je t'ai apporté ton petit-déjeuner fait par ma mère spécialement pour toi.

Je regardais le plat avec un sourcil levé.

– Qu'est-ce que c'est ?

– On appelle ça des pancakes au chocolat et tu as aussi un verre de jus d'orange.

– Du jus d'orange, enfin quelque chose de naturel.

Je pris une gorgée mais la recrachai tout de suite.

– Beurk ! Ce n'est pas du jus d'orange ça, qu'est-ce que tu m'as fait boire ?

– Je te jure, c'est du jus d'orange, il vient du supermarché.

– Donc ce n’est pas du jus naturel.

– Si, seulement avec plus de sucre et de saveur.

– Je t’interdis de dire ça, compris ? Le jus naturel est tout ce qu’il y a de mieux dans la vie. Il améliore la digestion et facilite la croissance, il nous donne de l’énergie et il embellit la peau. Le jus naturel améliore la santé et est plus nutritif que vos plats chimiques à la noix. Alors tu n’as plus intérêt à dire ce genre de chose sur la nourriture naturelle, ou je te promets que c’est à ma lance que tu vas goûter, compris ?

– Oui j’ai compris.

– Bien, maintenant va, et emporte cette nourriture immonde loin de mon visage, je préfère encore manger mes pieds que cette nourriture toxique. Je vais aller chasser.

– Chasser ? Chasser où ? Savana tu n’es plus dans la savane je te signale.

– Je ne sais pas, mais je vais trouver quelque chose.

– Tu sais, ma mère adore jardiner et elle a même fait pousser des légumes, et quelques buissons de fruits ; tu peux aller te servir si tu veux, je suis sûr qu’elle n’y verra aucun inconvénient.

– Elle fait pousser ses propres fruits et légumes, en utilisant la terre et ses ressources ?

– Oui.

– OK, pourquoi pas.

Je lui fis un petit sourire et il fit de même.

Dans la savane, ma mère était assise sur un rocher et regardait le paysage. Mon père vint vers elle.

– Tu t’inquiètes toujours autant ?

– Comment ne pas être inquiète ? Même si mon instinct de mère et de lionne me dit qu'elle va revenir, je m'inquiète quand même et me demande si elle est bien traitée et bien nourrie.

– Je sais et je suis plus inquiet que toi à ce sujet, mais sache que nous ne pouvons rien faire.

– Je sais, je sais. Ah ! si seulement il ne s'était pas produit ce stupide accident, nous ne serions pas obligés de vivre dans la savane !

– Qu'est-ce que tu veux dire, Maman ? demanda Scarfure, suivi des jumeaux.

– Eh bien, je pense qu'il est temps que nous vous racontions notre histoire, répondit mon père. Vous savez, votre mère et moi n'étions pas des lions avant, mais des êtres humains.

– Quoi ?

– En effet, votre mère et moi étions des scientifiques chargés de trouver des remèdes pour les différentes maladies animales qui existent. Seulement, un funeste jour, votre mère et moi travaillions sur un vaccin pour les félins. Nous étions tout un groupe de personnes à travailler sur ce projet et à chacun, on avait décerné un félin bien précis. Nous deux avions eu un lion. Nous travaillions tranquillement quand le lion s'est échappé de sa cage. Nous avons fait notre possible pour essayer de le rattraper et de le calmer, mais en vain. Nous étions à deux doigts de l'avoir quand le lion ainsi que votre mère glissèrent et tombèrent dans un gros tube de substance chimique. J'ai donc plongé pour essayer de la sauver, mais il était trop tard. À cause de ce produit, votre mère et moi avons fusionné avec le lion. Malheureusement, ce dernier est mort sur le coup, mais votre mère et moi sommes sortis vivants, mais à cause de la fusion, nous sommes devenus moitié humain moitié lion.

Nous savions que si nous restions en ville, nous finirions par être capturés et mis dans un laboratoire pour des recherches intensives et dangereuses. Alors étant donné que la ville était à côté de la savane, nous avons décidé de mener la vie de lion. Pour y arriver, nous avons décidé de prendre plus l'aspect de lion que celui d'humain ; nous finîmes par trouver la paix et la tranquillité dans la savane.

– Attendez, vous êtes en train de nous dire qu'en réalité, vous êtes des… ?

– En effet, Scarfure, nous sommes tous les deux humains et vous aussi.

– Nous sommes aussi des humains comme Savana, Maman ? demanda Leonel.

– Oui, seulement pour vous, c'est notre côté lion qui est plus apparent. Savana elle, c'est notre côté humain, mais tout comme nous tous, votre sœur est une lionne, et je suis sûr qu'elle va finir par se transformer.

– Se transformer ? demanda Scarfure.

– Oui, même si nous sommes tous moitié humain moitié lion, nous pouvons prendre l'aspect de notre autre moitié ; comme ceci.

Après ça, mes parents se transformèrent en humains, de peau sombre comme moi avec des yeux verts. Ma mère avait de longs cheveux noirs qui allaient jusqu'à ses cuisses comme les miens et mon père de longs cheveux bruns qui se limitaient à la moitié de son dos, seulement, il restait leur queue et leurs oreilles. Ma mère portait un petit haut fait en fourrure et son pantalon noir d'humain seulement, celui-ci était déchiré à cause des écorces de la savane et mon père était torse nu. Comme ma mère il portait son pantalon humain déchiré lui aussi.

– Wow c'est impressionnant ! exclama Leona, nous pouvons vraiment faire ça ?

– Bien sûr, ma chérie, il vous suffit juste de vous concentrer.

Les jumeaux fermèrent leurs yeux et devinrent eux aussi des humains. Leonel avait les cheveux noirs de Maman et Leona ceux de Papa avec tous les deux la peau sombre, seulement, ils n'avaient pas de vêtements. Ma mère prit un tissu de fourrure, un fil de ce tissu et un petit bâton pointu et confectionna une petite robe pour Leona et un petit short pour Leonel.

– Je ne me suis pas servi d'une aiguille depuis longtemps, mais je sais toujours coudre.

– Je n'en doute pas une seule seconde, ma chérie, dit mon père en embrassant ma mère sur le front. Et toi, Scarfure, tu ne veux pas te transformer ? Ta mère peut te faire une superbe tenue.

– Non, je ne veux pas de tenue ; je ne veux pas d'une chose qui vient de deux parents qui cachent la vérité à leurs enfants.

Ma mère devint triste.

– Nous savons que nous n'aurions jamais dû vous cacher cet immense secret, mais sache, fiston, que nous l'avons fait pour votre sécurité. Nous voulions tout simplement que vous meniez une vie tout ce qu'il y a de plus ordinaire en tant que lions.

– Une vie normale de lions, Papa, nous sommes les souverains de la savane et je suis ton successeur ; je devrais être celui à qui vous deviez dire ce secret et me former pour devenir roi et protecteur de la savane, mais vous avez préféré Savana ; pourquoi, parce qu'elle est humaine !

– Ta sœur ne sait absolument rien de notre secret. De plus, en tant que lion, tu serais très vulnérable, car les humains voudront te tuer. Or, ta sœur humaine est celle qui est la plus apte à nous protéger et à arrêter les humains, car tu le sais, un humain n'écoute qu'un autre humain.

– Savana est juste votre préférée, c'est pour cette raison que vous la traitez mieux que moi.

– Scarfure, comment peux-tu dire ça ? Ta mère et moi nous vous aimons tous les quatre de la même façon.

– Vraiment ? Pourtant dans mes souvenirs, vous vous souciez plus d'elle que de n'importe qui, pas vrai ? Elle avait toujours droit à une part de viande plus grosse que la mienne, vous vous occupez plus d'elle quand elle était blessée et malade, et à moi, qu'est-ce que vous me répondiez ? « Tu es un lion et ta sœur est humaine » tout le temps !

– Scarfure, il est vrai tu es un lion, mais sache que ta sœur est une lionne elle aussi, et sache aussi que son côté lion n'est pas encore apparu. Elle est une humaine fragile et délicate, et toi tu es un lion fort, alors comprends-nous.

– Non, je ne pourrai jamais comprendre des parents qui préfèrent un membre à un autre sous prétexte qu'il est différent.

Il partit en courant, laissant mes parents bouche bée et cœur blessé.

Du côté de mes amis, Rage était assis sur un arbre et regardait la savane d'un air triste. Griffe vint vers lui.

– Elle nous manque à tous, sache-le, mais nous ne pouvons rien faire d'autre que d'attendre.

Rage se leva.

– Je refuse de rester là les bras croisés à attendre !

– Nous sommes tous de ton opinion, Rage, mais le roi et la reine nous ont donné un ordre et nous n'avons pas le droit de désobéir.

Il s'assit l'air abattu.

– La savane ne risque plus d'être la même sans elle, mais sache que Dieu seul peut y faire quelque chose.

Rage mit ses mains sur son visage.

– Ça fait juste un jour et elle me manque terriblement.

Griffe le prit dans ses bras.

– Je sais, je sais, c'est notre cas à tous.

Du côté de la ville, j'étais dans le jardin à regarder la mère de Michael jardiner.

– Je suis contente que tu me tiennes compagnie, Savana. Mis à part moi, personne dans cette famille n'aime toucher la terre.

– La nature, c'est ma maison, donc toute activité la concernant me concerne aussi, après tout, je suis la gardienne de la savane.

– Je vois ça, mais dis-moi, Savana, tu t'y connais en entretien de plantes ?

– Bien sûr que oui, les animaux m'ont appris beaucoup de choses concernant la végétation et leur méthode d'entretien.

– Ah, tu tombes bien, mes fruits sont devenus de vraies maisons pour insectes et je me demandais si tu pouvais m'aider à les éloigner sans leur faire de mal, car je te le dis tout de suite, je suis comme toi, je déteste faire ou que l'on fasse du mal aux animaux et aux plantes.

J'étais vraiment surprise par ce qu'elle venait de dire. Il existait donc en ville des humains qui ne voulaient pas faire de mal à la nature.

– Bien sûr, maman de Michael.

– Oh, arrête, tu peux m'appeler Barbara puisque *maman* c'est un peu trop tôt pour toi.

– OK, Barbara.

Nous partîmes toutes les deux vers la zone fruitière du jardin. Je devais admettre qu'elle aimait vraiment le jardinage, car son jardin pouvait être comparé à une jungle.

– Wow ! Michael avait raison, votre jardin est impressionnant.

– Merci, mais tu sais, un peu d'amour et d'entretien peut faire beaucoup de miracles.

Je vis un buisson de baies. J'en cueillis une. Je pris une bouchée et wow ! c'était le même goût que celles de la savane.

– Humm, maintenant, je sens un goût naturel, c'est vraiment incroyable la manière dont vous vous êtes occupé de ces plantes.

– Merci, Savana, mais tu sais, toute seule je ne risque pas de pouvoir m'occuper de tout ça ; si tu veux tu peux m'aider, c'est le week-end donc je n'ai pas grand-chose à faire.

– Vous voulez que je vous aide ?

– Bien sûr, tiens, prends cette petite pelle. Nous allons planter de nouveaux arbres.

Je pris la pelle perplexe, mais je lui fis quand même un petit sourire. Je ne vais pas mentir, pendant deux jours, je me suis assez bien amusée avec Barbara, même si en la voyant elle me faisait penser à ma mère ; comme quoi, toute chose a une ou des exceptions.

Un matin, très tôt, Michael me réveilla.

– Allez lève-toi, Savana, il est l'heure de se préparer.

– Se préparer ? Se préparer pour quoi ?

– Eh bien j'ai oublié de te le dire, mais mes parents se sont arrangés avec le directeur de mon lycée et maintenant, tu y es inscrite et nous sommes dans la même classe.

– Lycée ? C'est quoi un lycée ?

– C'est un endroit où l'on apprend des choses de la vie et cela nous permet de pouvoir trouver une profession plus tard.

– Une profession ?

– Oui, ce que l'on va faire quand on sera plus grand.

– Je suis déjà gardienne de la savane alors je n'ai pas besoin d'une profession.

– Si tu le dis, mais prépare-toi, le petit-déjeuner est prêt.

Une heure plus tard, nous étions déjà en route pour le lycée. Cet endroit faisait trois fois la maison de Michael et il y avait vraiment du monde. Soudain, un bruit immense me fit sursauter. Je sortis ma lance.

– C'était quoi ce bruit ?

– Détends-toi Savana, c'est juste la sonnerie.

– La quoi ?

– La sonnerie, elle marque le début des cours, alors range ta lance.

Je rangeai ma lance. Un grand homme habillé en bleu nuit arriva.

– Bonjour, Monsieur Marone.

– Bonjour, Monsieur le Directeur, je vous présente Savana, la fille dont mes parents vous ont parlé.

– Oh, tu es donc la fameuse Savana, l'enfant qui fut élevée dans la savane par des animaux.

– En effet.

– Eh bien, je suis ravi de vous rencontrer, très chère Savana, bienvenue dans mon établissement scolaire et j'espère que vous passerez un bon séjour.

– Merci, dis-je, l'air perdu.

– Suivez-moi votre classe est par là.

Il entra dans une salle qui devait compter en moyenne quinze personnes. Ces dernières se levèrent.

– Bonjour, chers lycéens, j'aimerais vous présenter la nouvelle fille de la ville, elle s'appelle Savana et elle vient de la savane.

Ils poussèrent tous un cri d'étonnement. J'entrai d'un air très sérieux et énervé.

– Bon, je sais que c'est un peu bizarre, mais cette pauvre petite fut abandonnée dans la savane alors qu'elle n'était qu'un bébé. Elle fut recueillie par les animaux qui l'ont nourrie et élevée. Elle ne connaît pas notre civilisation humaine, alors je vous demanderais d'être courtois et gentils avec elle.

– Ne vous inquiétez pas, Monsieur le Directeur, je veillerai sur elle, dit une femme.

– Merci, Madame Laye.

Le directeur partit.

– Bonjour, Savana, bienvenue dans notre ville. Alors comme ça, tu as été élevée par des animaux ? C'est intéressant. Tu es donc comme Tarzan.

– Qui ?

– Tarzan, c'est un personnage de dessin animé qui fut abandonné dans la jungle et élevé par une femelle gorille.

– Je ne sais pas qui est ce Tarzan.

– OK, mais comme Tarzan, y a-t-il un animal en particulier qui t'a le plus soutenue ?

– J'ai été élevée par une famille de lions.

– Des lions ?

– Oui des lions.

– OK, je vois, tu peux aller t'asseoir à côté de ton frère.

– Ce n'est pas mon frère, c'est plutôt celui qui m'a fait enlever de ma maison et de ma famille.

– Comment ça ? Michael m'a dit que sa famille t'a adoptée.

– C'est à cause de lui que je me suis retrouvée dans cet endroit sans vie. La ville n'est qu'un lieu où la vie est impossible. Les plantes ne vivent même pas une semaine, les animaux sont mis en cage et l'air est irrespirable. Je me chargeais de veiller à la sécurité et à la bonne vie des animaux et des plantes de la savane, mais à cause de cet humain, je ne peux plus rien faire. Si la savane est en danger, je ne pourrai même pas intervenir et les protéger. Et à cause de lui, ma famille lion doit être morte d'inquiétude et de tristesse, sans parler de mes amis. Alors je suis désolée, mais je ne pourrai jamais appeler « frère » quelqu'un qui m'a enlevé tout ce que j'avais de plus cher pour m'amener dans cet enfer qu'est la ville.

Je partis m'asseoir à côté de Michael, qui semblait un peu démoralisé.

– Bon, les enfants, aujourd'hui nous allons faire une leçon sur la famille féline. Quelqu'un peut me donner une famille féline ?

– La famille des chats, répondit un élève.

– Merci, Françoise, une autre ?

– La famille de Savana, répondit une fille aux cheveux blancs en se moquant.

Je pris ma lance et l'amenai à son visage.

– Tu as un problème avec ma famille, Nuage ?

– Savana, les lances sont interdites en classe.

Je lui lançai le regard du lion énervé comme celui que faisait mon père pour montrer sa domination. La fille nuage et la femme Laye furent effrayées et se calmèrent.

– Je veux dire, Savana, que tu peux ranger ta lance avant de blesser quelqu'un.

Je lançai mon regard vers la fille nuage.

– Je suis désolée, je voulais dire la famille des lions majestueux.

– Ça vaut mieux pour toi et ta survie.

Je rangeai ma lance et je m'assis. La fille nuage était terrorisée, madame Laye nerveuse et les autres élèves me donnaient des regards admiratifs et surpris.

À l'heure de la pause, Michael m'amena dans une salle qu'ils appelaient la cafétéria. Il prit deux plateaux et m'en donna un. Il y mit de la viande, une pomme et un verre d'eau. On se dirigea ensuite vers une table où il y avait deux personnes : l'une avait des cheveux blond foncé et des yeux verts, un petit haut noir et un pantalon déchiré, l'autre avait des cheveux roux avec des yeux bruns, un grand haut vert et un pantalon blanc et il portait aussi une chaîne en argent autour du cou.

– Salut, vous deux.

– Salut, Michael.

– Savana je te présente Molly et Justin, ce sont mes deux meilleurs amis. Les gars, voici Savana.

– La fille qui a mis la peur de sa vie à Rita, répondit Molly, eh bien, ravie de te rencontrer.

– Rita ? demandais-je.

– Oui, Rita, la fille sur qui tu as braqué ta lance.

– Oh, la fille nuage.

– *La fille nuage*, wow, à peine arrivée et tu commences déjà à me plaire.

– Sinon, Savana je dormais en classe donc je n'ai pas bien suivi la bagarre, dit Justin, pourquoi tu as attaqué la fille la plus riche de la ville ?

– Elle a eu l'audace de se moquer de ma famille.

– Oh, crois-moi, tu risques de la sortir très souvent, ta lance. Rita se moque de tout et de tout le monde. Sa famille est la plus fortunée de la ville et les plus grands donateurs du lycée, elle donne des ordres à tout le monde et si tu ne fais pas ce qu'elle veut, elle va tout faire pour transformer ta vie en un véritable cauchemar.

– Mouais, comme si j'avais peur d'elle. Toute ma vie j'ai eu à combattre des alligators, des tigresses et lions enragés, j'ai eu à voire toutes les plus grandes bêtes féroces de la savane et tout ça à mains nues, alors ce n'est pas un nuage qui va m'effrayer.

– Wow… alors toi je t'aime déjà, me dit Justin. Bienvenue en ville, Savana, j'espère que tu te plairas ici.

– C'est cela oui, comme si j'allais aimer vivre dans un endroit sans vie.

– Que… ? commença Justin.

– Mieux vaut pour ta conscience que tu ne poses pas la question, interrompit Michael.

Ils le regardaient tous les deux d'un air suffoqué.

– Croyez-moi, mieux vaut ne pas entrer dans ce débat.

– OK, répondirent-ils.

Le soir, sur le chemin du retour, nous marchions dans les rues pour rentrer.

– Alors, Savana, as-tu aimé ton premier jour ?

– Mmm.

– Tu n'as pas aimé ?

– Non.

– Pourquoi, à cause de Rita ?

– Non.

– Pourquoi alors ?

– Rien.

– Mais il y a quand même quelque chose qui t'a plu ?

– Rien.

– Mais…

– Tu vas continuer à me poser des questions ennuyeuses tout le long du chemin ou quoi ?

– Non, je voulais juste savoir si tu as aimé la journée ou pas.

– Eh bien je t'ai répondu, alors laisse-moi tranquille.

Nous continuâmes à marcher. Michael regardait le sol.

– Je sais que tu me détestes à cause de ce qui s'est passé et je te comprends. Si un jour quelqu'un m'envoyait loin de chez moi, de ma famille et de mes amis, je le détesterais à vie. Je sais que mes excuses ne serviront à rien, mais pour me rattraper, je vais trouver un moyen de te ramener chez toi.

Je restais silencieuse.

– Je te promets que je ferai tout ce qui est en mon pouvoir pour te ramener dans la savane et je te promets que je ne te laisserai jamais tomber, même si le chemin ou le procédé est compliqué.

Je fis un petit sourire.

– Eh bien soit.

Il me regarda, surpris.

– Si tel est ton désir bien accompli.

– Je le ferai avec détermination comme mon oncle.

– Ton oncle ?

– Oui, mon oncle, le frère de ma mère ; il était un grand scientifique qui s'était focalisé sur le domaine des soins animaliers. Ma mère et lui étaient extrêmement proches et ils ont tous les deux une immense passion pour la sauvegarde de la nature. Malheureusement, suite à un accident qui s'est produit dans son laboratoire, nous ne les avons plus jamais revus.

– Vraiment, il est mort ?

– Je ne sais pas, ma mère dit qu'aucune trace de son corps ne fut trouvée, donc personne n'est sûr qu'il soit mort, ni lui ni sa femme.

– Oh je vois. Attends, tu as bien dit qu'il prônait pour la sauvegarde de la nature ?

– Oui, en effet, d'ailleurs s'il a emménagé ici, ce n'est pas pour rien. La savane étant proche, il pouvait vaquer à ses occupations sans problème. Il a toujours dit que les animaux sont comme des humains, mais avec leur propre psychologie. Et de la même façon que nous faisons pour soigner et aider l'espèce humaine à vivre en toute sécurité, nous devrions faire de même avec les animaux. C'est pour cette raison qu'il a créé sa propre entreprise pour la préservation des animaux.

– Wow, ton oncle est vraiment un brave homme.

– Je sais. Il est littéralement mon héros. Il a appris à ma mère absolument tout sur les animaux et leurs modes de vie, qu'elle m'a appris à son tour. Il s'est tellement battu pour les animaux que plus tard, j'ai décidé de faire comme lui. Aider les animaux et protéger leurs habitats naturels.

– Un peu comme moi ?

– En effet, c'est pour cette raison que je pensais que tu pouvais m'aider à réaliser mon rêve. Enfin, si tu veux, bien sûr.

Je soupirais un moment.

– Très bien.

– Quoi ?

– Je vais t'aider à réaliser ton rêve.

– Tu es sérieuse ?

– Je le suis, mais je te préviens, je peux être extrêmement sévère, avec moi, la protection des animaux c'est tout sauf de la rigolade, compris ?

– Oui, chef.

Nous nous mîmes à rire.

Le soir, je regardais les étoiles perchées sur l'un des arbres de Barbara. Une seconde plus tard, Michael me rejoignit avec un bol de fruits.

– Un petit creux ? me demanda-t-il en me tendant le bol.

– Merci, répondis-je en prenant une banane.

– Il y a beaucoup d'étoiles dans le ciel ce soir.

– Oui, je sais, avec mon ami Rage on adorait les contempler.

– Rage, qui est-ce ?

– C'est mon meilleur ami. Comme moi il fut élevé dans la savane, mais par des tigres. Lui et moi sommes extrêmement proches et nous ne nous quittions presque jamais jusqu'à il y a trois jours.

Je ne pus m'empêcher de verser une larme. Michael le remarqua.

– Je suis sincèrement désolé qu'à cause de moi, tu ne puisses plus revoir ton ami. Mais je te promets de tout faire pour que tu rentres chez toi et rattraper mon erreur.

– J'espère que tu réussiras, car sans lui, ma vie risque de ne plus être la même.

Il me tendit un mouchoir pour essuyer mes larmes.

Dans la savane, Rage regardait les étoiles.

– Savana, j'espère que là où tu es, tu vas bien et que je pourrai avoir la chance de te revoir un jour.

Suite à ces mots, il se mit à pleurer.

– Rage, mon chéri, dit une tigresse en s'approchant de lui.

– Maman ?

– Tu ne dors toujours pas ?

– Comment pourrais-je dormir en sachant que Savana est peut-être en danger à cause de ces satanés humains ? Ils pouvaient prendre n'importe qui ici mais ils ont préféré prendre celle qui comptait le plus pour nous.

– Je sais mon chéri, je sais. Je savais que les humains pouvaient faire des choses cruelles, mais celle-ci dépasse tout ce que j'avais jamais imaginé. Mais ne t'inquiète pas, Savana est une fille extrêmement forte, capable de se sortir de n'importe quelle situation. Je suis sûre qu'elle va s'en sortir et revenir bien plus vite que tu ne le penses.

– Tu en es sûre ?

– L'instinct du tigre ne ment jamais.

Il essuya ses larmes.

– Allez, maintenant couvre-feu. Savana n'étant plus ici, il faut renforcer la garde et pour cela, il faut être en forme.

– D'accord, Maman, j'arrive dans cinq minutes.

– Bien.

Elle retourna se coucher.

– Savana, où que tu sois, sache que je suis et je serai toujours là pour toi.

Le lendemain, Rage rassembla les autres dans notre coin préféré.

– J'en ai assez d'attendre sans rien faire. Savana est sûrement maltraitée là où elle se trouve. Je respecte infiniment la reine, mais rester ici et attendre sans rien faire, c'est une idée stupide.

– L'enlèvement de Savana nous inquiète tous, répondit Griffe, mais que pouvons-nous faire ? Nous avons promis au roi et à la reine que nous n'allons rien faire.

– Griffe n'a pas tort, affirma Lance.

– Peut-être, mais Rage a aussi raison, s'exclama Cros, plus nous attendons, plus Savana est peut-être maltraitée et malheureuse. Moi je dis que nous devrions trouver un moyen de nous rendre en ville et de la libérer le plus tôt et le plus vite possible.

– Mais, et la promesse faite au roi ? demanda Fauve.

– Oui, si nous partons, le roi et la reine ne risquent pas d'apprécier. En plus nous devons protéger la savane. Savana n'étant plus ici, nous devons renforcer la garde, continua Darka.

– Ne vous inquiétez pas, les amis, j'ai pensé à un plan qui va nous permettre d'aller en ville, de surveiller la savane et d'agir sans que le roi et la reine ne soient au courant, leur dit Rage.

Les autres se regardaient, tous surpris, puis ils se mirent en cercle pour écouter le plan de Rage. Malheureusement pour eux, Flèche, l'un des lions sbires de mon frère, les avait entendus. Sans hésiter, il courut à toute jambe pour avertir mon frère qui était avec son autre lion sbire, Rock. Ils dormaient tranquillement au bord de la rivière.

– Scarfure !

– Hum quoi ? répondit-il à moitié réveillé. J'espère pour toi que tu as une bonne raison de réveiller ton futur roi.

– Oui en effet, j'ai une très bonne raison.

– Vas-y, je t'écoute.

– J'ai entendu une discussion entre les amis de ta sœur.

– Oui et en quoi cela devrait-il m'intéresser ?

– Eh bien ils parlaient de trouver un moyen de ramener Savana dans la savane.

– Pardon, ils quoi ?

– Ils n'avaient pas promis à tes parents de ne rien faire ? demanda Rock.

– Justement, Rock, ils ont dit qu'il allait le faire sans que tes parents ne soient au courant.

– Oh vraiment ? Merci d'être venu m'avertir, mon cher Flèche, contrairement à d'autres, tu sers au moins à quelque chose.

Flèche se mit à se moquer de Rock pendant que ce dernier grognait de colère.

– Venez avec moi vous deux, nous allons un peu modifier leur plan.

Le plan de Rage était le suivant : deux d'entre eux, c'est-à-dire Cros et Griffe, seraient en train de surveiller les frontières. Darka et Fauve iraient faire des rondes pour surveiller la savane ; Lance serait en hauteur pour les aider et Rage s'infiltrerait en ville afin de me retrouver. Heureusement pour lui, la ville n'était pas trop grande, même s'il devait y avoir une population de presque cent mille habitants.

Ils étaient tous en place. Rage, devant la frontière, hésita un moment, figé par la peur, mais il se ressaisit rapidement. Il prit une grande inspiration et s'apprêtait à franchir la frontière quand un immense rugissement retentit et le stoppa. Les garçons se retournèrent et virent mon père, ma mère et leurs parents. Fauve, Darka et Lance à côté, avec leurs parents à eux, tous énervés, sans oublier mon frère et ses amis avec un air triomphant.

– Votre Majesté ! dit Rage, nerveux.

– Puis-je savoir où tu comptais aller sans permission, jeune homme ? dit mon père, énervé.

– Je… Eh bien… Je…, marmonnait-il sans savoir quoi dire.

– Il comptait partir à la recherche de sa dulcinée, Papa, répondit Scarfure, tu vois, je t'avais bien dit qu'ils allaient désobéir et en plus, ils comptaient partir sans le consentement de personne.

– Rage, as-tu quelque chose à dire pour ta défense ?

– Je suis désolé, Votre Altesse, mais je ne pouvais pas supporter le fait de rester bras croisés alors que Savana serait au moment où je vous parle malheureuse et maltraitée. Je ne pouvais pas rester sans rien faire donc j'ai décidé de partir la chercher.

– Ne t'ai-je pas interdit de franchir la frontière ?

– Si mais…

– Mais rien du tout, je vous ai donné un ordre et vous aviez l'obligation d'obéir. Tes amis et toi risquiez de tous nous mettre en danger. En traversant la frontière et en allant dans le monde des humains, vous risquerez juste d'attirer d'autres humains ici. En pensant que nous voulons les dévorer ou les tuer, ils nous attaqueraient et nous tueraient et vous, ils ne feraient que vous emmener en ville. As-tu la moindre idée de ce que ton acte va amener ?

– Je sais tout cela, Votre Altesse, mais sachez que je suis prêt à prendre tous les risques nécessaires pour sauver Savana. Je me suis juré de la protéger et de la défendre peu importe le prix à payer et compte bien tenir parole. Et je suis sûr que si vous ne voulez pas intervenir, c'est sûrement parce que vous avez peur.

Mon père ainsi que les autres n'en revenaient pas des paroles de Rage.

– Rage, mais tu as perdu la tête ? lui cria son père tigre, comment peux-tu dire une chose pareille au roi ?

– Je n'ai absolument rien perdu, Papa, je dis juste ce que je pense. Je vous respecte infiniment, Votre Altesse, mais je dois vous dire la vérité. Vous êtes le roi de la savane et en même temps, le père de Savana. Vous devriez être le premier à passer la frontière et à aller secourir votre fille. Je ne vous comprends pas, Savana est pour nous tous un être extrêmement important ; au lieu de rester les bras croisés, nous devrions agir car qui sait ce qu'elle est en train de vivre en ce moment.

Un silence long régna. Tout le monde regarda Rage avec étonnement. Les parents de Rage étaient les plus surpris. Rage était là debout devant mon père à attendre sa réaction. Mon père sourit.

– Tu as de l'audace et du courage de t'affirmer, Rage, exclama mon père, je n'ai encore jamais vu quelqu'un comme toi ici. Et tu sais quoi, je te donne raison.

Rage fut surpris.

– Pardon ?

– Tu as raison sur un point, j'ai peur d'aller en ville, car je connais les dangers que je risque, que nous risquons si nous y allons, mais que toi tu ignores car tu n'y es jamais allé.

– Que voulez-vous dire ?

– Je dis que tu es inconscient du danger que présente la ville pour y aller.

– Donc vous affirmez que les dangers qui sont en ville sont trop grands pour vous mais pas pour votre fille ?

– Pour un lion, aller en ville, c'est la mort ou la capture assurée, alors que pour un humain, les risques d'un danger mortel sont d'un pourcentage extrêmement faible. Donc Savana ne court aucun risque d'être tuée.

– Mais vous…

– Ça suffit. Je ne veux plus que ni toi ni l'un de vous ne vous approchiez de la frontière. Vous êtes tous les six consignés chez vous jusqu'à nouvel ordre.

Mon père laissa les autres partir. Rage resta debout à les regarder s'éloigner en ne sachant plus quoi dire. Son père vint vers lui.

– Allez fils, on rentre.

Battu et sans mot, il suivit ses parents. Il se retourna une seconde pour regarder la ville, puis il partit.

Le soir, mon père regardait les étoiles puis ma mère le rejoignit.

– Tu t'inquiètes aussi fort que moi, pas vrai ?

– Bien sûr, même entre de bonnes mains, j'ai quand même peur de ce qui va arriver à ma fille.

– Tu sais bien qu'elle va revenir. J'espère au moins qu'elle est entre de bonnes mains.

– Mon instinct me dit qu'il se pourrait qu'elle soit avec ma sœur et qu'elle prendra soin d'elle.

En ville, j'expliquais à Michael comment se passait la migration des éléphants. Un instant plus tard, le père et la mère de Michael entrèrent.

– Alors, les jeunes on discute ?

– Au contraire, Papa, on s'instruit.

– Vraiment ?

– Oui, Papa, Savana était en train de m'expliquer comment se passait la migration des éléphants.

– Ah bon ?

– Oui, Savana en connaît un rayon sur la savane et ses habitants. Grâce à elle je vais pouvoir réaliser mon rêve et devenir comme mon oncle.

– Je sais que ton oncle était une personne extraordinaire avec son métier et son travail, mais crois-tu vraiment vouloir faire comme lui ? Je veux dire, c'est un peu à cause de son travail qu'il est mort.

– Dan, comment peux-tu dire ça ! Nous n'avons aucune preuve que mon frère soit vraiment mort. Et puis la vocation de Michael est très ambitieuse et je te conseillerais d'encourager ton fils au lieu de le décourager.

– Je ne veux pas décourager mon fils, je veux juste être sûr que c'est le chemin qu'il veut vraiment emprunter, car tu connais les jeunes, aujourd'hui ils disent une chose, le lendemain ils changent d'avis.

– Ne t'inquiète pas, Papa, je suis sûr à cent pour cent que c'est ce que je veux faire de ma vie.

– C'est bien, mon fils, toi au moins tu sais ce que tu veux faire contrairement à ton frère qui passe son temps devant ses jeux vidéo.

Il regarda la chambre de son deuxième fils, les bras croisés, puis il se retourna vers nous.

– Bon, on vous laisse travailler.

Ses parents partirent.

– Michael, c'est quoi des jeux vidéo ? lui demandais-je.

– Eh bien c'est…

– Tu veux essayer ? intervint son frère en entrant brusquement dans la chambre.

– Laisse-nous tranquilles, Chris, nous avons mieux à faire que de jouer à tes jeux stupides.

– Oh tais-toi, ce n'est pas à toi que je m'adressais, je parlais à notre belle Noire, termina-t-il en me faisant un clin d'œil.

Je ne vais pas vous mentir, ce n'est pas la première fois que cela se produisait. Depuis mon arrivée, Christopher n'arrêtait pas de faire des choses bizarres avec moi. Il n'arrêtait jamais de me fixer, il voulait tout le temps s'asseoir à côté de moi et le pire, il me faisait des compliments de la façon la plus bizarre possible. Je n'ai pas compté le nombre de fois que Michael a dû me stopper pour éviter que je ne le lui enfonce la lance.

– Alors Savana, voudrais-tu venir avec moi pour jouer à des jeux vidéo ? demanda-t-il en mettant sa main sur mon épaule.

– Tu as exactement deux secondes pour retirer ta main si tu ne veux pas la perdre.

– Oh voyons Sav, je sais très bien que tu…

Avant qu'il ne termine sa phrase, Michael le prit par les épaules et le chassa hors de sa chambre.

– Elle t'a demandé de la laisser donc tu seras gentil de sortir de ma chambre, merci.

Il lui claqua la porte au nez.

– Eh bien, j'ignorais que tu avais de la force.

– Avec un frère comme celui-là, des muscles sont toujours les bienvenus.

Je me mis à rire et il suivit.

– Dis-moi, Michael.

– Oui ?

– Je voudrais savoir si tu pouvais me parler un peu plus de ton oncle.

– Je ne sais pas trop, Savana, je t'ai dit tout ce que j'ai retenu de lui. Il faut dire que quand il est parti je n'étais pas encore né. Je ne l'ai connu que par les histoires que ma mère racontait sur lui et les photos qu'elle m'a montrées. Je ne sais pas grand-chose de lui.

– Oh, OK, je vois.

– Mais si tu veux en apprendre plus sur lui, je te conseillerai d'aller voir ma mère. Après tout, c'est son grand frère, elle le connaît mieux que personne.

– D'accord.

– Allez, les enfants, couvre-feu, n'oubliez pas que demain il y a école !

– Bon, je vais te laisser, bonne nuit, Michael.

– Bonne nuit.

Le lendemain, dans la savane, Rage se préparait pour aller voir mon père. Il s'apprêtait à partir quand son père le stoppa.

– Puis-je savoir où tu comptes aller ?

– Je vais voir le roi, Papa.

– Il me semble que le roi t'a demandé de ne pas sortir.

– Peut-être, mais il n'a interdit à personne d'aller le voir.

– Il est vrai mais…

– S'il te plaît, Papa, laisse-moi aller lui parler. Je veux juste savoir pourquoi il change d'avis aussi vite.

– C’est le roi, mon fils, il a le droit de dire ce qu’il veut sans en donner des explications.

– Pas dans ce genre de cas.

Le tigre soupira.

– Tu es vraiment têtu.

– Comme un certain tigre quand il était plus jeune, ajouta sa mère en s’approchant d’eux.

– En effet, tu es comme ton père, Rage. Bon allez, file.

– C’est vrai, Papa, je peux y aller ?

– Eh sache qu’un mâle doit toujours se battre pour sa femelle.

– Quoi ? Non ! C’est juste ma meilleure amie alors je ferai tout pour elle.

– Nous le savons, mon fils, nous le savons, dit son père en riant.

Sans plus attendre, Rage se mit en route pour aller voir mon père. Ses parents le regardaient avec un air de fierté.

– Il n’a que dix-sept ans et le voilà déjà un homme, dit sa mère.

– Je sais, comme quoi il a pris exemple sur son père.

À toute vitesse, Rage se rendit au point d’eau où mon père avait l’habitude de faire sa sieste. Ce dernier était en train de boire avec d’autres lionnes, y compris ma mère à côté qui discutait avec elles.

– Bonjour, Votre Altesse.

– Rage, que fais-tu ici ? Je pensais vous avoir consigné dans vos meutes.

– Il est vrai, Votre Altesse.

– Donc puis-je savoir pourquoi tu es ici ?

– Je souhaiterais vous parler personnellement, cher roi.

Mon père regarda ma mère. Cette dernière lui fit un signe de tête pour lui dire d'accepter. Mon père soupira et se retourna vers Rage.

– Eh bien soit, si tel est ton désir, nous allons discuter. Viens avec moi, nous discuterons dans un endroit plus tranquille.

Ils partirent tous les deux vers la cascade. Mon père se mit sur un rocher et Rage s'assit sur le sol.

– Bien, je présume que si tu es ici c'est à cause de notre conversation d'hier, pas vrai ?

– En effet.

– Je t'écoute.

– Je ne comprends pas.

– Qu'est-ce que tu ne comprends pas ?

– Vous avez affirmé, le jour où Savana fut capturée, que vous ne voudriez pas imaginer les dangers qui guettent votre fille et hier, vous avez dit qu'elle ne risquait aucun danger. Au final je suis perdu.

– D'un côté, je ne vois pas pourquoi, mais d'un autre je te comprends. Il est vrai que mes paroles n'étaient pas très claires quand je les ai prononcées. Mais bon, étant donné que tu es curieux, et à ce que je vois, tu tiens tellement à ma fille que tu as le courage de venir vers moi malgré mes ordres et mes avertissements sans même penser aux conséquences, je vais parler.

Mon père descendit de son rocher et vint vers lui.

– Lève-toi et marchons un peu tous les deux, tu comprendras.

Rage se leva et se mit à le suivre.

– Tu vois mon garçon, dans la vie, il existe deux catégories d'individus : les gentils et les méchants. Tu sais, les gentils sont les personnes qui ne feront de mal à personne, aideront autour d'eux et passeront leur temps à ne faire que du bien ; alors que les méchants ne savent faire que du mal : tricher, tromper, blesser et tout le reste, ils ne sauront faire que ça et rien d'autre. Déjà, tu as remarqué ce genre de choses dans la savane.

– Oui en effet.

– Eh bien sache mon garçon que chez les humains, c'est pareil, il y a des gentils comme des méchants.

– Vraiment ?

– Oui, malheureusement, sur cent habitants, tu peux en voir quinze ou vingt qui sont gentils, le reste je ne veux même pas en parler.

– Oh OK.

– C'est dans cette optique que j'aimerais te faire comprendre que là où ma fille se trouve, il peut y avoir beaucoup, voire la majorité des humains à vouloir lui faire du mal car, comme tu le sais, si l'homme ne trouve pas son prochain comme lui, il peut lui faire énormément de mal comme le blesser, voire le tuer. Et c'est pour cette raison que je m'inquiète pour Savana, car Dieu seul sait ce que ces humains vont réserver à une enfant sauvage.

– Je vois.

– Bien, maintenant que la première partie est close, nous allons passer à la prochaine. Si mon inquiétude s'est un peu calmée, c'est tout simplement parce que comme je te l'ai dit, dans ces cent personnes, tu peux en trouver quinze ou vingt qui soient gentilles. Et ces personnes-là sont prêtes à accepter une personne peu importe son critère : animal, humain, sauvage ou citoyen. Peu importe ton critère, elles ne te jugeront pas, au contraire, elles vont t'aimer pour ce que tu es et mieux encore, t'encourager à rester ce que tu es et à ne pas changer si tu es déjà bon, et te corriger si tu es mauvais. C'est ça la vie. Tu vois des gens qui vont toujours vouloir te tirer vers le bas et d'autres qui vont chasser ces esprits et t'aider à monter. Tu comprends mieux ?

– Oui, Votre Altesse, je vois maintenant et je m'excuse sincèrement de mon mauvais comportement. Je voulais juste…

– Je sais, je sais. Tout comme moi, tu t'inquiètes pour elle et tu voulais juste agir. Je comprends et je vous pardonne, tes amis et toi. Tu peux aller les voir et leur dire que la punition est levée.

– Merci, Votre Altesse, merci beaucoup.

– Je t'en prie, mon garçon, allez file. Va retrouver tes amis. Mais interdiction de vous approcher de la frontière.

– Oui, Votre Altesse, promis.

Il partit en joie.

– Brave petit et bon compagnon pour ma fille, dit mon père en le regardant partir.

De mon côté, j'aidais Barbara à s'occuper de son jardin. Son comportement avec les plantes me fit penser au comportement de ma mère avec ses sujets. Je m'approchais d'elle.

– Hum, Barbara, puis-je vous poser une question ?

– Bien sûr, ma chérie, je t'écoute.

– Michael m'a parlé de son oncle qui avait une passion pour l'entretien, l'aide et la sauvegarde des animaux.

Pouvez-vous m'en dire plus sur lui, si cela ne vous dérange pas ?

– Bon, c'est vrai que c'est un sujet qui me touche un peu le cœur puisqu'il est mon frère.

– Oh, dis-je en baissant la tête, ce n'est pas grave.

– Mais bon pour toi je vais te parler de lui.

– Vraiment ?

– Oui, après tout il était comme toi. Allez viens, assieds-toi à côté de moi.

Je m'assis à côté d'elle.

– Sache que quand mon frère et moi étions petits, nous voyions nos parents adorés s'occuper de la nature. Ma mère était botaniste et d'ailleurs ce beau jardin dans lequel nous nous trouvons est le sien. Elle me l'a donné dans son héritage parce qu'elle savait que j'adorais comme elle m'occuper des plantes.

– Oh !

– Mon père lui, était un vétérinaire. Il passait son temps à s'occuper des animaux. Il les nourrissait, les soignait et même les berçait pour qu'ils dorment. Et comme tu le sais, ma mère m'ayant transmis son amour des plantes, mon père a transmis son amour pour les animaux à mon frère. Mais mon frère était aussi passionné par la science et surtout la chimie. Il ne savait donc pas quelle vocation prendre, car il voulait faire les deux. Mon père le voyant hésiter lui dit qu'il n'avait pas besoin de choisir entre les deux puisqu'il pouvait les faire en même temps.

– Ah bon ?

– Exactement. Mon père lui expliqua que de nos jours, il existait des chercheurs qui essayaient de fabriquer des médicaments pour soigner les maladies animales. Et étant donné que cela incluait d'avoir des compétences en chimie, mon frère était au comble de la joie. Le jour même, il se mit au travail. Il travaillait nuit et jour pour atteindre son rêve. Il travailla sans relâche et il finit par atteindre son but. D'ailleurs, c'est au cours de son chemin qu'il a rencontré sa femme. Une jolie femme très gentille et attentionnée qui comme lui adorait les animaux et la science. Ils se complétaient bien. Et ensemble, ils ont même décidé d'ouvrir leur propre laboratoire de recherche pour aider les animaux. Pour ce faire, ils ont eu à travailler d'arrache-pied. Heureusement pour eux, leurs familles les soutenaient et en plus, ils ont trouvé un groupe d'amis qui avaient les mêmes objectifs qu'eux. En collaborant, ils finirent par construire leur laboratoire, et afin de pouvoir aider les animaux sans les éloigner de leurs habitats naturels, ils décidèrent de construite leur laboratoire ici, non loin de la savane.

– Wow c'est impressionnant.

– Je sais, mais malheureusement un jour, une immense explosion retentit. Cette explosion était si forte que toute la ville fut alertée. L'explosion venait du laboratoire de mon frère. Moi, Chris entre mes bras et mon mari, Dan, nous partîmes à toute vitesse pour voir ce qui s'était passé. À notre arrivée il y avait déjà les pompiers qui vérifiaient les environs et regardaient si personne n'était en danger ou blessé. Mais malheureusement, ni mon frère, ni sa femme, ses collègues, ni même les animaux qu'ils soignaient n'étaient à l'intérieur. La police ouvrit une enquête, mais en vain. Bien sûr rien ne faisait penser qu'ils étaient morts, mais rien ne prouvait non plus qu'ils étaient vivants.

À la suite de ses mots, elle commença à verser des larmes.

– Et même si c'est dur, je vais devoir me faire à l'idée que je risque sans doute de ne plus revoir mon grand frère.

Ses pleurs commençaient à devenir de plus en plus forts. Je me sentis mal pour elle. Je mis ma main sur son épaule.

– Je suis sûre que votre frère est en vie et heureux là où il est.

– Vraiment, comment le sais-tu ?

– Mon père dit toujours que Dieu n'est jamais cruel envers les bonnes intentions et qu'au contraire, peu importe le problème, il finit toujours par t'aider et te sauver. Je suis sûre que votre frère va bien. Dieu n'est jamais méchant.

– Merci, Savana, dit-elle en essuyant ses larmes. Tu me fais vraiment penser à mon père, des paroles aussi sages étaient la clé pour nous remonter le moral et avec ta bonté ainsi que ta volonté de vouloir défendre la nature, on dirait mon frère. D'ailleurs, tu lui ressembles un peu.

– Vraiment ?

– Oui, non seulement lui, mais sa femme aussi, vous avez la même peau et la même chevelure. Si tu ne venais pas de la savane, je dirais que tu pourrais être leur fille, dit-elle en riant. Mais bon, j'ai du mal à croire que ce soit le cas, si je ne me trompe pas bien avant l'accident, ma belle-sœur attendait un bébé.

– Elle attendait un bébé ?

– Oui, je pense même qu'elle était enceinte de cinq mois. Une chose est sûre, elle a découvert que le bébé était un garçon avant l'accident. Mais bon, n'en parlons plus. Veux-tu m'aider à faire le dîner ?

– C'est gentil mais non, Michael m'a demandé de lui parler de la vie en meute des girafes.

– OK, merci pour ton aide, chérie.

– Pas de problème.

Je bondis d'arbre en arbre jusqu'à la chambre de Michael. Ce dernier était sur son bureau et il dessinait quelque chose sur une feuille. Je le surpris par-derrière.

– Boo !

– Ah ! cria-t-il en tombant de sa chaise.

– Wow, j'ignorais que tu étais si peureux, dis-je en riant.

– Facile pour vous, Votre Altesse Savana princesse de la savane qui n'a peur de rien ni de personne. Contrairement au normal Michael qui a peur de tout.

– Il est vrai que tu as vraiment peur de tout.

– Merci, Mademoiselle, c'est très drôle. Je suis mort de rire.

– Sinon tu fais quoi ?

– Je travaille sur un plan pour te ramener dans la savane sans que les services sociaux interviennent.

– Vraiment, et c'est quoi ?

– Tu le sauras bientôt mais pour le plan, j'aurais besoin d'un peu d'aide, car à deux, ça ne risque pas d'être pratique, en plus c'est un plan qui doit se préparer la nuit.

– Hum je vois.

– Bon sinon, tu avais promis de me parler de la vie en meute des girafes.

– Eh bien pour commencer, comme tu le sais dans une famille normale, nous avons le père, la mère et les enfants. Eh bien pour les girafes, c'est pareil, seulement…

Nous avions parlé tout l'après-midi jusqu'au soir. Je dois avouer que Michael ne savait peut-être pas grimper aux arbres comme mes autres amis ou même se battre comme eux, mais je devais quand même avouer qu'il était amusant ;

en plus je m'entendais bien avec lui. Je n'aurais jamais pensé de toute mon existence trouver un humain de la ville qui soit un peu comme moi. Avoir l'amour et le vouloir de protéger les animaux aussi forts que le mien. Peut-être que je m'étais un peu trompée sur les humains. Ils étaient peut-être un peu bizarres avec leur mode de vie et leur zone, mais quand même, il y en avait qui étaient bons et qui aimaient la nature. Je pensai que finalement j'avais jugé cette famille un peu trop vite. Il est vrai que je désirais par-dessus tout rentrer chez moi, mais au moins je n'étais pas malheureuse ou maltraitée.

Le soir, nous étions tous à table pour manger. Barbara avait préparé un grand poulet rôti vraiment appétissant.

– J'espère, Savana, que cela ne te dérange pas que je cuisine de la volaille.

– Mais non, Barbara, ne vous inquiétez pas. Je vous rappelle que j'ai vécu avec des lions ; donc manger de la volaille ou une quelconque viande est en quelque sorte mon quotidien alimentaire.

– Ah, tu me rassures, car sache que je ne veux pas te servir un plat que tu n'aimes pas ou qui n'est pas dans ton quotidien.

Je lui souris.

– Sinon Savana, je me suis toujours demandé : comment arrivais-tu à survivre dans la savane ? Je veux dire avec tous ces prédateurs qui rôdent, cela ne doit pas être simple de vivre dans la tranquillité.

– Oh Dan ! lui cria Barbara.

– Bah quoi, je lui pose une question.

– Je vous signale que je suis un prédateur moi aussi.

– Oui mais toi, contrairement aux autres prédateurs, tu es une humaine.

– Dan !

– Papa !

Je me mis en colère.

– Que voulez-vous insinuer que je ne suis pas un prédateur parce que je suis humain ?

– Non, je veux dire que cela doit être compliqué de vivre entourée de prédateurs qui peuvent te prendre pour une proie.

– Papa, arrête, tu ne vois pas que ce que tu dis l'énerve ? s'exclama Michael.

– Eh bien jeune homme, je crois avoir le droit de poser des questions, en plus ce n'est pas une façon de répondre à son père.

– Mais oui, petit frère, affirma Christopher, ce n'est pas très correct de parler comme ça à Papa.

– Tais-toi Chris, personne ne t'a demandé ton avis.

– Oh, parce que quelqu'un t'a demandé le tien ?

– Ça suffit, tout le monde se tait ! Excuse Dan, Savana, il ne voulait pas t'insulter ni te vexer. Michael, ton père a peut-être mal parlé à Savana, mais ce n'est pas une raison pour lui parler de cette façon, c'est ton père alors respecte-le.

– Oui, Maman.

– Et toi Chris, arrête de chercher des embrouilles à ton frère, compris ?

– Oui, Maman.

– Bien, maintenant mangeons avant que cela ne refroidisse.

Un peu plus tard, j'étais sur un arbre du jardin à nettoyer ma lance quand Michael, encore une fois, vint à côté de moi.

– Désolé pour tout à l'heure, je ne sais vraiment pas ce qui a pris mon père.

– Oh ne t'inquiète pas, ce n'est rien, j'ai pris l'habitude.

– Ah bon ?

– Mais oui. Tu sais, à chaque fois que je devais combattre un crocodile ou un félin rebelle, ils ne me prenaient pas au sérieux eux non plus. C'est juste pendant ou après la bataille qu'ils finissent par me craindre.

– Ah je vois.

– Oh et merci d'avoir pris ma défense. Parler de la sorte à ton père pour me défendre, c'était très courageux.

– Merci, dit-il en rougissant.

– Tu me rappelles un peu Rage.

– Vraiment ?

– Oui. À chaque fois que mon père est injuste ou un peu sévère, Rage se met en rogne et lui dit tout ce qu'il pense. J'ai même l'impression qu'il oublie qu'il s'adresse au roi.

– Wow, alors là, ton ami doit vraiment beaucoup se faire punir.

– Au contraire, Rage est littéralement le seul à avoir l'audace de s'opposer aux ordres ou à l'injustice de mon père. C'est pour cette raison qu'il sera celui qui me manquera le plus dans la savane, après ma famille, bien sûr.

– Ne t'inquiète pas, je te promets que tu les reverras tous très bientôt grâce au plan que j'ai mis en place. Déjà, on a de la chance, demain il n'y a pas cours, donc je vais pouvoir en parler à mes amis et ils pourront nous aider.

Je fis un sourire et nous mîmes à regarder les étoiles.

Le lendemain dans la savane, Rage était en train de se baigner dans un cours d'eau quand Scarfure le poussa dans l'eau.

– Mais qu'est-ce que… ?

– Salut, mon cher ami.

– Scarfure ? Qu'est-ce qui te prend ?

– Il me prend que je n'aime pas les chevaliers servants qui passent leur temps à aller au secours de leur princesse.

– Quoi ?

– Tu m'as bien compris. Je n'aime pas que tu cherches à ramener ma stupide sœur dans la savane.

– Attends, quoi ? Tu ne veux pas que Savana revienne ? C'est ta sœur je te rappelle.

– Malheureusement oui, je sais qu'elle est ma sœur. Mais non, je ne veux pas qu'elle revienne.

– Quoi ! Pourquoi ?

– Parce que je sais qu'elle veut me voler ma place et devenir reine de la savane.

– Quoi ? Savana n'a jamais eu l'intention de devenir reine, elle veut juste accomplir son rôle de protectrice de la savane.

– Mais oui, bien sûr. Elle vous fait croire cela juste parce qu'elle veut gagner votre confiance afin de devenir la plus aimée de tous et ensuite, il ne lui suffira que de réclamer le trône à mon père. Et connaissant l'amour de ce dernier pour sa fille, il va le lui donner et me laisser sans rien.

– Quoi ?

– Mais maintenant qu'elle est auprès des gens qui lui ressemblent, elle ne sera plus une menace pour moi et mon trône et je ferai en sorte qu'elle reste loin pendant des siècles.

– Tu es vraiment égoïste, Scarfure. Savana ne veut que faire le bien autour d'elle. Elle est gentille, attentionnée, douce, charitable et généreuse et surtout, son plus grand souhait est de faire régner la paix et la joie dans la savane ; reine ou pas. D'ailleurs, contrairement à toi, elle n'est pas à la recherche du pouvoir ; malgré son titre de princesse, elle reste modeste et elle se comporte comme une citoyenne normale de la savane. Savana n'est pas comme toi. En plus de la détester, tu souhaites vraiment du malheur à ta propre petite sœur alors que cette dernière, malgré ta haine envers elle, t'aime et te traite toujours comme une petite sœur doit traiter son grand frère. Savana est merveilleuse et toi tu es horrible. Sache que je suis loin d'être le seul à penser dans la savane que tu ne mérites pas une sœur comme elle. Ni de devenir roi. Et de toute façon Savana n'a besoin d'amadouer personne pour qu'on l'aime et crois-moi, plus de la majorité de la savane souhaiterait que Savana soit l'aînée de la famille royale afin qu'elle soit notre future dirigeante.

– Comment tu oses ? cria Scarfure en lui sautant dessus. Sache que je suis le seul à avoir le droit de devenir roi et je veillerai à ce que ça soit le cas.

Rage le repoussa en lui donnant un grand coup de pied.

– Vois les choses en face, Scarfure. Si tu continues à être aussi fourbe et égoïste, personne ne voudra de toi. Et faire du mal à ta sœur ne fera qu'empirer ta situation.

Sur ce, il partit en laissant Scarfure allongé au sol.

– Tu vas voir, Rage ; tu vas voir le sort que je réserve à des rebelles de ton genre.

Cela continua ainsi pendant trois mois. La ville devenait de plus en plus étrange pour moi. Les gens se bousculaient sans même s'excuser, d'autres s'insultaient sans aucune raison valable et c'était pire à l'école. Les lycéens avaient tous peur de moi de même que la majorité des autres professeurs. Madame Laye était la seule à se comporter comme elle se comportait dans les normes avec ses élèves. Les autres n'osaient pas me regarder dans les yeux, ou me crier dessus, ou me contredire. Mais il y en avait d'autres qui me demandaient de partager mes connaissances de la savane avec la classe.

Je dois avouer que malgré tous les mauvais côtés de la ville, il y en avait qui étaient plutôt bons, comme par exemple les parcs où l'herbe était bonne et bien entretenue, les fleurs et plantes que les gens mettaient chez eux et dont ils prenaient soin. Le centre de recyclage, les hôpitaux pour animaux, les centres de remise en forme furent les choses qui m'avaient le plus marquée et qui m'avaient fait penser que les humains avaient peut-être un bon côté. Je ne vais pas mentir aussi, le jardin de la famille de Barbara était l'endroit où j'aimais le plus passer mon temps. Il me rappelait tout mon habitat et je pouvais continuer à perfectionner mon agilité.

Mes rapports avec Michael étaient aussi assez sympathiques. J'ai appris à Molly comment se débrouiller sur les arbres, faisant qu'elle y grimpait maintenant mieux qu'un singe.

Dans la savane, les choses commençaient à se calmer petit à petit. Mes amis, surtout Rage, s'inquiétaient toujours pour moi, mais ils devaient renforcer la sécurité au sein de la savane, donc ils devaient arrêter d'y penser. Ma famille, elle, était toujours aussi inquiète et ma mère ne pouvait pas s'empêcher de pleurer mon absence quelquefois, mais mon père était là pour la réconforter. Quant à Scarfure, il était occupé à préparer le jour de son couronnement.

De mon côté, j'étais dans le jardin de Barbara avec Michael et ses deux amis, Justin et Molly.

– Tu es vraiment sûr de ton coup, Michael ? demanda Molly.

– Mais oui, la prof ne sait pas encore où nous emmener pour faire la sortie pédagogique. Si nous la convainquons de nous emmener visiter la savane, nous pourrons permettre non seulement à Savana de retourner chez elle, mais en plus, avec l'aide de son groupe d'amis et des animaux, nous pourrons la cacher et faire un clone d'elle qui pourrait la remplacer et la faire venir avec nous. Ainsi, la prof ne se doutera de rien et Savana pourra rentrer chez elle. Alors ?

– Eh bien, c'est une assez bonne idée sauf qu'il y a deux petites failles dans ton plan, affirma Justin.

– Lesquelles ?

– La première, miss Laye aime peut-être faire plaisir à ses élèves, mais si cela inclut de les mettre en danger, elle va refuser ; et deux, même si la prof accepte, comment vas-tu t'y prendre pour que les autres élèves acceptent, surtout tu sais qui ?

– Savana est là, elle va pouvoir nous protéger en cas d'attaque d'une bête. En plus, toute la classe aime les bêtes sauvages, ils ne vont pas pouvoir refuser. Et pour Nuage, tu oublies qu'elle a peur de Savana, donc elle ne pourra pas refuser.

– Ce n'est pas faux.

– Allez, lundi on exécutera le plan.

– Quel plan ?

– Maman ?

– Que mijotes-tu comme ça, jeune homme ?

– Rien d'important, Maman, répondit Michael, gêné.

– Michael, on ne ment pas à sa mère.

– Bon, c'est un plan pour permettre à Savana de rentrer chez elle.

– Ah bon, tu te déplais tant que ça en ville ?

– Pas chez vous en tout cas, car je suis vraiment contente d'avoir trouvé une famille qui est comme moi et ayant les mêmes ambitions que moi mais…

– Mais peu importe d'où nous venons, nous nous sentirons toujours mieux chez nous.

Je secouais la tête pour dire oui. Barbara se mit à genoux à côté de moi et elle mit sa main sur mes cheveux.

– Je comprends, ce n'est pas toujours facile d'être dans un endroit si nous savons où est notre place. Ne t'inquiète pas, si tu veux retourner dans la savane, je peux moi aussi y apporter mon aide.

– Vraiment ?

– Mais oui, parce que je dois bien avouer que bien que l'endroit où tu as vécu n'est pas optimal pour un humain, surtout pour un enfant, je trouve cela injuste que l'on t'en fasse partir sans ton accord. Alors s'il le faut, je vais t'aider à rentrer chez toi et à te couvrir.

J'eus des larmes de joie. Je sautai dans ses bras.

– Merci, merci infiniment !

– Je t'en prie, ma chérie. Tu sais, mon frère dit toujours que dans la vie, peu importe l'acte il faut toujours faire ce qui est juste.

– Quelle coïncidence, mon père me disait toujours la même chose !

Nous nous mîmes tous les cinq à rire.

Le week-end, comme les humains l'appelaient, me parut long. Mais finalement le lundi arriva. Comme il l'avait promis, à l'heure de la pause, Michael et ses amis partirent parler au directeur et à madame Laye.

– La savane ! s'exclama le directeur. Mais mon cher Michael, vous avez perdu la tête, la savane est bien trop dangereuse pour des élèves.

– Mais Monsieur le Directeur, la savane est peuplée d'animaux et d'une flore incroyable. Croyez-moi, à chaque fois que Savana me parle de la savane, j'ai de plus en plus envie de la visiter. Et puis tout le monde ici a envie que l'excursion se passe dans la savane. Madame Laye, s'il vous plaît.

– Je ne sais pas trop, Michael, il est vrai que la savane serait parfaite pour un cours sur la faune et la flore, mais je m'inquiète surtout pour la sécurité des élèves.

– Je ne vois pas pourquoi, affirma Molly. Savana vient de la savane et elle a dompté plusieurs bêtes là-bas ; elle pourra nous protéger.

– À toi seule, Savana ? demanda le directeur.

– Vous oubliez que j'ai été élevée par les lions royaux de la savane. Ce qui fait de moi la princesse de la savane. Les animaux m'obéiront et mon père donnera l'ordre de nous accueillir en invités.

– Tu en es sûre ? demanda madame Laye.

– Ne vous inquiétez pas, ce que mon père déteste pardessus tout, c'est de me voir triste. Il n'arrive presque pas à me dire non.

– Bon, eh bien si vous le dites, affirma le directeur. Si Savana, tu penses pouvoir veiller à la sécurité des élèves alors soit, vous ferez l'excursion dans la savane.

Nous sautâmes tous les quatre de joie. Madame Laye était sur le point de partir, mais le directeur l'interpela.

– Madame Laye, surveillez bien ces quatre-là. Quelque chose me dit que cette idée d'excursion dans la savane n'est rien d'autre qu'un prétexte pour ramener Savana chez elle.

– Est-ce une mauvaise chose qu'elle rentre chez elle ? Je l'ai bien observée et je pense que sa place est dans la savane.

– Vous n'êtes pas sérieuse, Madame Laye ? C'est une humaine et un enfant par-dessus le marché. Sa place est auprès de ses semblables.

– Je sais, mais ouvrez les yeux, Monsieur le Directeur. Si quelqu'un vous plaçait dans un environnement qui ne vous plaît pas et où vous n'êtes pas à l'aise sous prétexte que c'est pour votre bien, comment vous sentiriez-vous ?

– Eh bien un peu triste et malheureux.

– Et que voudriez-vous faire ?

– Rentrer chez moi.

– Alors laissez Savana rentrer chez elle.

– Mais, et pour son éducation ? Nous n'allons quand même pas la laisser grandir avec un comportement animal !

– Ne vous inquiétez pas, je trouverai un moyen pour qu'elle garde son humanité.

– Bien, je suis désolé, mais je ne peux pas laisser Savana retourner chez elle. En plus, les services sociaux ont dit qu'ils viendront visiter l'établissement pour savoir si Savana y est bien traitée. Si par malheur elle retournait dans la savane, ils risqueraient de faire du mal à la savane afin de la faire rester ici.

– Donc si elle retourne dans la savane, les services sociaux vont la détruire pour forcer Savana à rester en ville ?

– Vous ne les connaissez pas, ils sont prêts à tout pour garder leur titre d'aide parfaite pour les enfants. Comme vous le savez, les services de notre ville furent déclarés comme étant les meilleurs de notre continent. Le maire tient coûte que coûte que cela le reste, donc si nous avons un cas comme un enfant sauvage, il serait prêt à tout pour que Savana trouve un foyer en ville, de gré ou de force. Donc même si le bonheur de Savana doit y passer, il faut quand même éviter la destruction de la savane.

– Vous avez raison. Si Savana connaissait la raison pour laquelle nous devons la garder en ville, je suis sûre qu'elle resterait. Protéger la savane est une chose pour laquelle elle fut préparée toute sa vie ; donc je suis sûre qu'elle comprendra.

– Merci beaucoup, Madame Laye ; la savane sera bien préservée grâce à vous.

Elle sortit de son bureau avec un sourire. Le directeur prit son téléphone et appela quelqu'un.

– Allô, Florence.

– Oui, Simon.

– Je voudrais vous informer que les élèves de la classe de Savana vont faire une excursion dans la savane le vendredi prochain.

– Quoi ? Vous n'êtes pas sérieux ! Avez-vous pensé aux risques de sécurité pour les enfants, sans compter que le fait que Savana risquerait d'en profiter pour vous échapper ?

– Ne vous inquiétez pas, nous avons pris toutes les mesures pour garantir la sécurité des élèves. Quant à Savana, le professeur aura une attention plus particulière sur elle.

– Ah vraiment ! Quelle garantie avez-vous sur ce que vous avancez ?

– J'ai réussi à convaincre Madame Laye des conséquences que pourrait entraîner le retour de Savana dans la savane. Maintenant, elle ne risque pas de la laisser y retourner.

– Vraiment, tu as réussi ?

– Bien sûr que oui. En plus, ce ne fut pas compliqué, cette femme est prête à tout croire si nous lui parlons du bien-être des gens. Elle est vraiment trop naïve.

Ils se mirent à rire tous les deux au téléphone.

De retour en classe, madame Laye se préparait pour faire l'annonce. Elle tapa trois fois des mains pour calmer la classe.

– Silence les enfants, s'il vous plaît silence !

Tout le monde se tut.

– Bien, comme vous le savez, chaque année, nous faisons des sorties scolaires pédagogiques pour vous montrer les beautés naturelles qui existent dans notre beau continent. Seulement aujourd'hui, nous allons avoir une sortie assez particulière puisque votre très cher camarade

Michael nous a suggéré de faire cette sortie dans la savane afin de voir comment la nature ainsi que les animaux vivent et aussi permettre à votre nouvelle camarade Savana de retourner chez elle.

Tout le monde se mit à crier de joie et à applaudir. Ils étaient si contents que certains en remercièrent même Michael.

– Attendez, interrompit Rita. Donc la sortie est pour Savana ?

– Pas tout à fait, mais oui, c'est pour lui permettre de retourner chez elle juste une journée.

– Alors là, je trouve cela injuste ! Cela fait longtemps que je propose un endroit à visiter, vous refusez ; mais juste parce qu'une sorte d'animal humain arrive, vous la laissez faire le choix. Je vous trouve injuste !

– Tu as un problème avec l'animal humain, Nuage ? dis-je en lui pointant ma lance.

– Non, aucun, répondit-elle, effrayée.

– C'est une sortie pédagogique, Rita, lui dit Molly. Je ne vois pas en quoi l'usine de maquillage est instructive.

Tout le monde se mit à rire.

– Oh toi, la *bad girl*, personne ne t'a demandé ton avis.

– Vraiment, parce qu'il me semble que la prof n'avait pas demandé de protestation pour que tu commences à tuer nos oreilles.

Tout le monde se mit à rire encore plus fort. Rita était si énervée qu'elle grogna très fort puis s'assit. Pendant toute la semaine, madame Laye et le directeur préparèrent tout le nécessaire pour le voyage. Tout le monde était impatient. Chacun n'arrêtait pas de se vanter de ce qu'il allait porter chez les filles ou de ce qu'il allait faire chez les garçons.

Michael, Molly, Justin et moi étions tous les quatre contents, car le plan de Michael pourrait avoir lieu, en plus, les parents de ce dernier avaient accepté d'aider, sauf son frère, bien entendu. J'étais très impatiente de rentrer chez moi.

Enfin, le vendredi arriva. Nous étions tous devant la porte de sortie du lycée à attendre le bus. Je ne vais pas vous mentir, je ne tenais même pas en place. Dès qu'il arriva et que madame Laye nous demanda d'entrer, je sautai parmi les élèves et j'entrai la première. Rita, la moins satisfaite, entra en dernier avec sa meilleure amie. Pour que le plan puisse marcher, Michael nous avait demandé de nous mettre derrière. La route fut longue et le bus agité. Tout le monde était impatient. Une demi-heure plus tard, nous arrivâmes devant la frontière de la savane. Madame Laye descendit la première, je suivis et enfin, les autres sortirent.

– Bon, les enfants, nous voilà tous arrivés devant la frontière qui sépare notre ville et la savane. Savana, tu nous guides, puisque c'est ton environnement.

– D'accord, Madame.

Je me mis devant, puis les autres me suivirent. J'étais enfin de retour chez moi. L'herbe sauvage, l'air pur et surtout, le beau paysage, tout m'avait manqué. Nous marchions tous groupés quand un bruit retentit des buissons. Bien sûr, tout le monde avait peur et commençait à trembler. Je sortis ma lance.

– Montre-toi, créature, si tu oses !

Il sortit des buissons avec son arme. Il s'approcha, et à ma grande surprise, se fut Rage. Je baissai mon arme.

– Rage !

Il me regarda, surpris, puis il baissa son arme.

– Savana, dit-il les larmes aux yeux.

Nous nous regardâmes fixement pendant quelques secondes. Nous courûmes l'un vers l'autre puis nous nous prîmes dans les bras.

– Rage ! criais-je dans ses bras, les larmes aux yeux.

– Oh Savana ! cria-t-il lui aussi les larmes aux yeux.

Toute la classe était surprise. Madame Laye, Michael, Molly et Justin nous regardaient avec un sourire.

– Oh Savana, je n'arrive pas à y croire. Tu es vraiment de retour parmi nous ?

– Tu me vois bien devant toi, idiot.

Nous nous prîmes dans les bras encore une fois.

– Les amis, devinez qui est de retour ! cria Rage.

Soudain, tous mes amis descendirent de leurs cachettes. Ils furent tous surpris de me revoir. Pendant un instant, ils restèrent debout à me regarder, puis comme un troupeau d'éléphants, ils me sautèrent tous dessus, criant de joie, les larmes aux yeux.

– Hey, les amis, doucement, dis-je en riant, vous allez m'écraser !

– Attendez, quoi ? cria un élève. Il existe d'autres enfants sauvages !

– Des humains ! cria Griffe.

Ils bondirent tous les six sur leurs armes et ils s'apprêtaient à attaquer la classe quand je me mis entre eux.

– Du calme, ces humains sont avec moi, donc vous pouvez baisser vos armes.

– Attends, quoi ? s'écria Darka. Ils sont avec toi ! Tu veux dire que tu les as amenés ici ?

– Je vous expliquerai plus tard, mais en attendant, suivez juste mes ordres et tout ira bien.

Ils rangèrent leurs armes.

– Écoutez-moi bien, leur chuchotais-je, c'est une idée pour me permettre de rester ici et de les semer, donc faites ce que je vous dis.

– OK, et c'est quoi l'idée ? demanda Fauve.

– C'est simple, on a été obligé de leur faire croire que c'était une visite alors qu'en réalité, c'est un plan pour que je puisse rentrer. Nous allons leur faire visiter la savane, puis leur trouver un coin tranquille où rester pendant la visite.

– OK et après ? demanda Rage.

– Vous saurez bientôt, mais j'ai besoin des autres pour vous expliquer le plan.

– Des autres ? dit Cros, qui sont-ils.

– Vous saurez tout après. J'ai juste besoin de vous pour les protéger et les faire traverser la savane sans danger. Puis-je compter sur vous ?

Ils se regardèrent un instant, puis ils me firent un signe de tête pour dire oui.

– Bien.

Je me dirigeai vers madame Laye.

– C'est bon, Madame, j'ai discuté avec mes amis et ils sont d'accord pour m'aider à gérer la protection de tout le monde.

– C'est merveilleux, Savana, merci.

– Bien, Griffe, tu gères la protection par derrière, Darka, Fauve, Cros et Lance, vous serez aux alentours et toi, Rage, tu seras avec moi devant ; compris ?

– Compris, répondirent-ils ensemble.

– Bien, maintenant en route.

Nous nous mîmes tous à partir. Comme ordonné, mes amis se placèrent afin de protéger tout le monde.

– Euh, Savana, où nous amènes-tu ? demanda madame Laye.

– Je vous ai dit pour que la savane nous accueille bien, je devais d'abord parler à mon père, alors nous allons voir ma famille.

– Bien, si tu le dis.

– Il me tarde de rencontrer ta famille, Savana, dit Molly en s'appuyant sur mes épaules. Vu ton attitude, je suis sûr qu'ils sont féroces.

– Ne t'inquiète pas, ils le sont, surtout mon frère. D'ailleurs, comment était-il durant mon absence : content ?

– Pire, répondit Lance, d'une joie impossible.

– Oui, pendant qu'un autre n'arrivait pas à dormir, ajouta Fauve, pas vrai, Rage ?

– Oh oui, Rage le petit chevalier servant qui voulait voir sa princesse coûte que coûte, se moqua Cros.

Rage devint aussi rouge que ses cheveux.

– N'importe quoi, j'étais juste inquiet pour elle ; c'est tout.

– Mais bien sûr, répliqua Darka.

– Que voulez-vous dire ? demandais-je. Rage, tu étais inquiet pour moi à ce point ?

– Euh et bien…, marmonna-t-il, juste un peu.

– Vraiment, lui dit Griffe, juste un peu ? Tu veux donc dire que tes nuits blanches à penser à elle n'étaient rien ? Ou même tes tentatives de franchir la frontière pour aller la chercher ?

Rage devint si rouge qu'il voulut lui sauter dessus. Mais il finit par se calmer. Je m'approchai de lui.

– Eh bien, Rage, j'ignorais que tu tenais à moi à ce point.

– Comment ne pas s'inquiéter pour vous, ma belle et charmante princesse ?

– Idiot, va.

– Hum ! cria Michael. Vous savez que vous n'êtes pas seuls ?

– Et je peux savoir qui es-tu pour nous déranger ?

– C'est Michael, répondis-je, celui grâce à qui je suis là.

– Ce n'est pas celui à cause de qui tu es partie ?

– Je sais, mais j'ai rattrapé ma bêtise.

– Mouais, si tu le dis.

Je sentais que Rage n'avait pas tout à fait l'air de faire confiance à Michael, mais je le comprenais d'un côté, c'est vrai que Michael était la cause de tout cela. Une demi-heure plus tard, nous arrivâmes à la tanière de ma famille. Leonel était en train de jouer avec un papillon quand il me vit.

– Savana ?

– Coucou, petit frère.

– SAVANA ! cria-t-il en courant vers moi.

Je le pris dans mes bras pendant qu'il criait de joie.

– Leonel, pourquoi cries-tu ? demanda ma sœur.

– Sœurette, regarde, Savana est de retour !

Leona me regardait, toute surprise et en larmes.

– Savana, c'est bien toi ?

Je m'approchai d'elle et je mis à genoux.

– Bonjour, petite sœur.

Elle s'avança vers moi, puis elle me prit dans ses bras. Madame Laye nous regardait, un peu inquiète.

– Vous êtes sûre que c'est prudent de la laisser s'approcher de lions, demanda-t-elle ?

– Pourquoi ne devrait-elle pas s'approcher de sa sœur ? demanda Rage.

– C'est donc elle, sa sœur, demanda Molly.

– Oui, c'est elle, et l'autre c'est son frère, répondit Darka.

– Donc Savana disait la vérité ? Elle vient vraiment d'une famille de lions ? demanda l'amie de Rita, Mira.

Soudain, mes amis se mirent à genoux.

– Qu'est-ce que vous faites ? demanda Justin.

– Le roi et la reine arrivent, répondit Lance.

– Le roi et la reine ?

Une seconde plus tard, mes parents sortirent de la caverne avec Scarfure à côté. Toute la classe commençait un peu à paniquer, surtout madame Laye. En me voyant, ma mère commença à pleurer de joie et Scarfure se mit à faire la grimace. Mon père s'approcha de moi.

– Ma fille.

– Papa !

Nous nous prîmes dans les bras, les larmes aux yeux. Un instant plus tard ce fut ma mère qui me prit dans ses bras.

– Oh ma chérie, je remercie tellement le ciel de t'avoir ramenée à nous.

– Tu vois, Rage, nous t'avions bien dit qu'il fallait juste patienter sans jouer avec le feu, dit mon père à Rage en se moquant.

Rage se gratta la tête, un peu gêné, pendant que les autres se moquaient de lui. Je regardais mon père en étant confuse.

– Je t'expliquerai plus tard les tentatives que ce jeune homme a dû essayer pour essayer de te récupérer.

– Je sais, les autres m'en ont donné un petit aperçu, lui répondis-je en riant.

– Ravi de te revoir, petite sœur, dit Scarfure d'un faux sourire.

– Moi aussi je suis ravie de te revoir, grand frère, répondis-je sarcastiquement, tu veux que je te fasse un petit bisou ?

– Je voudrais plutôt que tu m'expliques pourquoi il y a des humains avec toi.

– Ah ça, tu comprendras. D'ailleurs Papa, puis-je te parler en privé ?

– Bien sûr, chérie, allons à l'intérieur.

– Michael peut aussi venir, car ce que j'ai à dire le concerne aussi.

– Euh, qui est Michael ?

Je lui fis un signe. Ce dernier hésitait un peu à venir, mais Molly le poussa. Quand mon père le vit, il eut un flashback de lui humain qui tenait un petit garçon qui lui ressemblait.

– Papa ! Papa ! Papa, tout va bien, lui demandais-je.

Il reprit ses esprits.

– Euh oui, ça va chérie, ne t'inquiète pas.

– Tu en es sûr ?

– Oui, j'étais juste dans les nuages. Bon allons-y.

– OK. Vous autres, gardez un œil sur eux.

– Ne t'inquiète pas, répondit Rage, nous allons bien les surveiller.

– Mais je ne comprends pas, dit un élève de la classe, pourquoi Michael devrait parler avec le lion ?

– C'est son idée de venir visiter la savane, répondis-je, il faut bien qu'il s'explique.

– Franchement, mec, ajouta-t-il, ce n'est pas une question.

Il se tut pendant que mon père, Michael et moi nous rendîmes dans la caverne de mon père. Dans la caverne, Michael et moi nous assîmes sur des roches face à face avec mon père.

– Je vous écoute, jeune homme, dit-il en lion.

– Quoi ?

– Toi aussi, Papa, parle-lui normalement.

Il sourira en roulant des yeux.

– Je disais : je vous écoute, jeune homme.

– Quoi ! Vous savez parler notre langue ?

– Ce n'est pas là la question à poser, jeune homme. Pourquoi ma fille vous a amenés ici ?

– Bon, comme vous le savez, c'est un peu de ma faute si elle a été envoyée en ville de force.

– Comment l'oublier ? répondit-il sarcastiquement.

– Papa…

– Pardon.

– Bon, je disais que puisque je suis le seul responsable de cette situation, j'ai trouvé une solution pour qu'elle puisse revenir ici sans problème.

Intrigué, il continua à l'écouter. Après que Michael lui eut expliqué son plan, mon père se leva et alla vers lui.

– Ton plan est plutôt bien élaboré je l'avoue, et en plus, l'idée est excellente. Mais pourquoi fais-tu cela en premier lieu ?

– Je sais que j'ai fait une immense bêtise et qu'à cause de moi j'ai rendu votre famille et la savane tristes. Donc j'ai décidé de réparer ma bêtise et de faire ce qui est juste. Car comme disait mon oncle, peu importe l'acte, il faut toujours faire ce qui est juste.

Mon père se souvint soudainement des paroles qu'il avait apprises à sa sœur. Ce souvenir le frappa un instant, mais il revint vite à ses esprits de nouveau.

– Votre Majesté, vous allez bien ? demanda Michael.

– Oui, ne t'inquiète pas, je vais bien.

Michael lui expliqua son idée.

– Alors, approuvez-vous ?

– Oui, j'approuve. Tant que ma fille reste ici, je vais donner mon accord.

Michael et moi sortîmes pour rejoindre les autres. Sur son rocher, mon père poussa un immense rugissement pour invoquer tous les animaux. Son rugissement était si fort que l'on pouvait l'entendre jusque dans la ville. Petit à petit, les animaux venaient, meute par meute. Dix minutes plus tard, tous les animaux de la savane étaient rassemblés. Mon père nous fit signe, à ma mère, mes frères, ma sœur et moi, de monter. Sans tarder, nous obéîmes. Ma mère se mit à côté de mon père pendant que Scarfure et les jumeaux étaient derrière. Mon père prit la parole en langage humain pour permettre aux humains de comprendre ce qu'il disait, et heureusement que les animaux aussi comprenaient le langage humain.

– Mes très chers amis et sujets animaux.

– Attendez, je rêve ou ce lion vient de parler ! s'écria Mira.

– On se tait quand le roi parle ! lui cria Darka.

– Pardon.

– Aujourd'hui, mes chers amis, est un jour très spécial. Nous avons tous pensé ne jamais la revoir et pourtant, la revoici aujourd'hui parmi nous. J'ai nommé Savana, notre très chère gardienne et ma fille.

Je me mis devant tous les animaux pendant qu'ils criaient de joie et frappaient le sol.

– Merci à tous, sachez que vous aussi, vous m'avez infiniment manqué. Merci à tous, merci beaucoup.

Tout le monde se mit à crier et à applaudir de joie ; mes amis humains sauvages eux aussi. Une seconde plus tard, une immense fête fut organisée en l'honneur de mon retour. Tous les animaux chantaient et dansaient. Les élèves de la classe se mirent même à les rejoindre. Madame Laye était en train de regarder les oiseaux. De mon côté, j'ai rassemblé mes amis près de ma hutte afin de leur expliquer le plan de Michael.

– Bon les amis, si je vous ai rassemblés ici, c'est tout simplement pour que vous puissiez nous aider à réaliser le plan de Michael pour que je puisse rester dans la savane.

– Tu as un plan pour la faire rester ici ? demanda Rage.

– Oui en effet.

– Et pourquoi devrions-nous te croire, après tout, toute cette situation a eu lieu à cause de toi.

– Rage ! criai-je pour qu'il arrête.

– Non, laisse, je comprends. Écoute, frère, tu dis vouloir retrouver Savana coûte que coûte et si tu as un autre plan à proposer, je t'écoute.

Rage le regarda, surpris. Il se mit à regarder de gauche à droite pour trouver une idée, mais en vain. Il finit par accepter sa défaite.

– Bon, très bien, vas-y donne ton plan. Mais s'il ne marche pas, je te transforme en prochain repas de famille.

Michael se mit à expliquer l'idée à tout le monde. Au début, mes amis étaient un peu surpris de son idée, mais ils finirent tous par accepter ; même Rage. Après l'explication du plan, nous retournâmes à la fête. C'était si agité que même les habitants de la ville pouvaient nous entendre. Quand ce fut l'heure des danses en duo, Rage me regarda, un peu gêné. J'étais avec le reste de la classe quand il s'approcha de moi.

– Savana, ça te dit de danser avec moi ?

Je fus surprise par sa demande et je ne savais pas quoi répondre.

– Euh et bien…

Avant que je ne puisse répondre, Molly me poussa dans les bras de Rage.

– Allez *girl* va danser avec lui !

N'ayant plus le choix, j'acceptai. Nous nous mîmes à danser comme des fous devant le regard de tous les animaux et de tous les humains. Tout le monde, sauf la classe, criait « les inséparables sont de retour ! ». Toute la classe nous regardait danser avec folie. Molly, Michael et Justin furent les trois les plus surpris.

– Wow, cria Justin, je ne savais pas que Savana avait le sens du rythme. D'ailleurs, je ne savais même pas qu'elle savait danser.

– Moi, dit Molly, je ne savais pas qu'elle avait un homme aussi beau.

– J'avoue que Rage est assez beau dans son genre, affirma Michael.

– Assez, répliqua Molly, tu veux dire qu'il l'est très.

– Oui bon, il ne faut pas exagérer, s'exclama Justin un peu jaloux, il n'est pas si beau que ça ; il est juste pas mal.

– Serais-tu jaloux, Justin ? demanda Molly.

– Quoi, moi ? Pas du tout.

– Mais bien sûr, se moqua Michael.

– Attendez une seconde, s'écria Molly, où est Rita ?

– Oh non, affirma Michael.

– Qu'est-ce qui se passe, mon pote ? lui demanda Justin.

Michael montra Rita du doigt qui se dirigeait vers Rage les doigts dans les cheveux.

– Oh non, en effet, exclama Justin.

Rita s'approcha de Rage et le tira par le bras.

– Salut toi. Tu veux danser avec moi ?

– Désolé, mais je danse déjà avec Savana.

– Oui, mais tu ne préfères pas danser avec une fille plus jolie ?

– Où ça ? Je ne vois personne.

Elle fut si choquée qu'elle partit en colère. Je me mis à rire pendant qu'elle s'éloignait de nous.

– Mon Dieu, quel refoulage ! se moqua Molly.

Tout le monde se mit à se moquer d'elle, même Mira.

Le soir, à l'heure de rentrer, madame Laye fit l'appel pour vérifier que tout le monde était ici. L'idée de Michael était simple, je me présentais à l'appel puis je faisais semblant de monter sur le bus par le toit. Seulement à ce moment-là, je serais projetée dans un arbre par une girafe. Cros allait faire entrer une fausse Savana en feuilles, en brins et en pierres pendant que les cinq autres allaient me camoufler. Par miracle, son plan marcha sans accros. Le bus finit par partir avec une fausse Savana à l'intérieur. Quand ils partirent, Michael, Molly et Justin me firent un signe de main à travers les fenêtres du bus et mes amis et moi leur rendîmes la pareille.

– Alors, Rage, maintenant, tu as toujours envie de transformer Michael en repas de famille ?

– Bon, désolé, j'y suis peut-être allé un peu fort.

– Une chose est sûre, dit Lance, il a bien rattrapé sa bêtise.

– Ça c'est sûr !

Nous nous mîmes tous à rire.

En ville, quand le bus arriva au lycée, tous les élèves sortirent pour rentrer chez eux. Quand madame Laye vit que Michael était seul, elle commença à se poser des questions.

– Michael ?

– Hum oui, Madame.

– Où est Savana ?

– Eh bien… Elle m'a devancé à la maison.

– Pourquoi ?

– Vous la connaissez. Partir de chez elle à nouveau l'a beaucoup bouleversée donc elle a préféré me devancer. Vous comprenez, cela lui a fait très mal.

– Oh, la pauvre petite. Tu lui présenteras des excuses de ma part.

– Ne vous inquiétez pas, je le ferai.

Il partit avec un grand soulagement vers la voiture de sa mère.

– Coucou m'man.

– Bonjour, mon cœur. Alors comment était le voyage ?

– Formidable, je n'aurais jamais cru que les animaux savaient faire la fête.

– Et Savana, elle est retournée chez elle ?

– Oui, c'est bon Maman, elle est retournée dans sa famille d'origine.

– Contente de l'apprendre. Mais ne va-t-elle pas te manquer ?

– Si, car je la considérais un peu comme ma sœur, mais bon, je suis content qu'elle soit retournée chez elle et d'avoir rattrapé mon erreur. Désormais, je ne me mêle plus de la vie d'une personne, car je ne veux pas d'ennemis, moi.

– Je vois ça, dit sa mère en riant. Mais quand même, elle va aussi me manquer. Dire que j'avais trouvé quelqu'un avec qui partager mon amour des plantes et surtout quelqu'un qui me faisait sentir que mon frère était toujours parmi nous.

– Vraiment ?

– Oui, je ne sais pas si c'est une coïncidence, mais Savana ressemble beaucoup à mon frère, et surtout à ma belle-sœur. Elles ont toutes les deux la même chevelure et la même peau. Si ma belle-sœur n'attendait pas un garçon avant l'accident, je dirais que Savana est leur fille.

– C'est vrai que c'est extrêmement bizarre.

– Mais bon, n'en parlons plus. Savana est retournée chez elle auprès de sa famille. Il est vrai qu'elle va nous manquer, mais au moins nous avons fait ce qui est juste.

Rentrés chez eux, Michael partit dans sa chambre pendant que sa mère rejoignait son père sur le canapé.

– Alors, mon cœur, comment Michael a trouvé son voyage ?

– Il dit qu'il a bien aimé et qu'il n'avait jamais vu des animaux aussi agités ou en fête.

– En fête ?

– Mais oui. Il a dit que les animaux fêtaient le retour de leur princesse gardienne.

– Je vois ça. Donc Savana est retournée chez elle.

– Oui, elle est rentrée.

– C'est dommage. Tu n'auras plus personne avec qui parler de plantes.

– Haha ! très drôle. Je suis morte de rire.

– Oh voyons, ma fleur, je plaisantais. Pas besoin de te mettre dans des états pareils.

– Mouais bon…

Dans sa chambre, Michael était en train de ranger ses affaires quand son frère y entra.

– Alors, à ce qu'il paraît, Savana est retournée chez elle. C'est triste, qui va t'apprendre à devenir une nounou pour les bestioles ? dit-il en se moquant.

– Si tu es venu pour me taper sur le système, je te prie de retourner d'où tu viens.

– Dis donc jeune homme, on ne parle pas comme ça à son grand frère.

– Nous n'avons que deux ans de différence.

– Deux longues années de ma vie que j'ai vécues sans avoir une mémé pour les animaux à côté de moi.

Michael était si énervé qu'il le poussa hors de sa chambre.

– Dégage de ma chambre tout de suite !

– Oh ça va, si nous ne pouvons plus rigoler avec toi.

Il claqua la porte de sa chambre si forte que même ses parents l'entendirent.

Le dimanche, je me réinstallais dans la hutte. Je pris ma lance pour aller chercher un gibier pour le petit-déjeuner. La bonne nourriture sauvage m'avait vraiment manqué, donc je décidai de me faire un vrai festin. Je partis à la rivière pour pêcher cinq gros poissons, j'ai cueilli des fruits de toutes sortes, pour le *dessert*, comme l'appelaient les humains, et je tuai trois antilopes et quelques oiseaux pour la viande. J'installai une grande nappe de feuilles pour y mettre mon butin. Je m'apprêtais à commencer quand je fus interrompue par mes amis.

– Bonjour, Savana, dit Rage.

– Bonjour, les amis. Qu'est-ce qui vous amène ?

– Nous voulions savoir si tu voulais venir avec nous à la cascade pour nager un peu, demanda Fauve.

– Avec joie, mais je n'ai pas encore pris le petit-déjeuner.

– Nom de Dieu ! cria Lance, tu comptes vraiment manger tout ça ?

– Bien sûr, maintenant que je suis de retour, je compte bien manger de la nourriture naturelle.

– Nous te comprenons, affirma Rage, cela a dû être compliqué de ne manger que la nourriture empoisonnée des humains.

– En fait, pas trop.

– Que veux-tu dire ? demanda Darka.

– En réalité, la nourriture humaine n'est pas si mauvaise que je le pensais. En réalité, elle est même plutôt bonne.

– Quoi ! cria Cros.

– Bon c'est vrai que je préfère la nourriture à l'état sauvage, sans produit étrange à l'intérieur, mais là où j'étais, la mère de maison cuisine vraiment bien, en plus elle faisait même ses plats sans produits trop forts pour moi. J'étais plutôt bien traitée et même si cela ne vaut pas la vie sauvage, la vie là-bas n'était pas si mal.

– Attends, quoi ? s'exclama Rage, tu veux dire que tu as aimé être là-bas ?

– Je ne dis pas que c'était le paradis, mais ce n'était pas l'enfer non plus. Et puis il y a quelques traits de la ville qui m'ont assez marquée.

– Vraiment ! Comme ?

– Eh bien les humains ont créé des centres pour le soin et l'entretien des animaux, des centres de remise en forme pour garder la forme, des parcs où les animaux comme les poissons, les oiseaux et autres peuvent vivre libres et en harmonie, et d'autres choses comme cela. Et puis, Michael, le garçon qui m'a ramenée, est plutôt amusant. Bon, il ne savait peut-être pas grimper aux arbres ou chasser comme nous, mais je dois avouer que sa compagnie n'était pas si mal. Il est un grand amateur d'animaux et il dit même qu'il voudrait trouver des remèdes pour les soigner. Il m'a beaucoup fait rire durant mon séjour en ville, en plus il est très gentil.

– Tu es en train de dire que tu étais à l'aise là où tu étais ! cria Rage.

– Euh…

– Pendant que nous, nous mourions d'inquiétude !

– Je peux savoir ce que tu es en train d'insinuer ?

– J'insinue que pendant que tout le monde s'inquiétait pour toi, mademoiselle vivait le paradis chez les humains.

– Pardon ? criai-je en me levant. Parce que tu crois que j'ai voulu être amenée en ville ? Je me suis fait enlever de mon habitat naturel par un humain. Il s'est senti coupable de sa faute et il a tout tenté pour me mettre à l'aise chez lui. Puis, comme tu l'as vu, il m'a ramenée pour rattraper son erreur.

– Tu parles, il avait juste peur de toi et de ta lance, en plus, s'il ne voulait pas se sentir mal pour une erreur qu'il a faite, pourquoi l'avoir faite ?

– Parce que pour toi c'est fait exprès ?

– Les amis, calmez-vous ! s'exclama Fauve.

– Oui c'est fait exprès, parce que s'il avait gardé sa langue, jamais rien de tout cela ne se serait produit. En plus, je ne vois pas pourquoi tu prends sa défense alors que c'est à cause de lui que je t'ai perdue pendant quatre mois. Les humains t'ont hypnotisée et toi tu t'es laissé faire.

Là, je devins rouge.

– Sache, mon très cher Rage, que nul n'hypnotise Savana la fille du roi de la savane. J'ai expérimenté ces humains par mes propres yeux et j'en ai vu des bons comme des mauvais. J'ai eu à voir leurs comportements et leurs façons de faire. Nul ne m'a hypnotisée, j'ai pensé et réfléchi par mes propres sens.

– Eh bien je pense que tu as mal réfléchi, car je ne vois pas ce que les habitants de la ville sans vie peuvent faire de bon pour la nature.

Je m'avançai vers lui et le regardai droit dans les yeux.

– Tu sais quoi, Rage, si mon retour parmi vous ne vous plaît pas, il vous suffit juste de me le dire et j'y retourne.

– Oh, parce que maintenant tu veux y retourner ! Fais-toi plaisir puisque tu ne vois pas qui se préoccupe vraiment de toi.

Ses mots me mirent vraiment en colère. Je pris ma lance, puis je partis en laissant mon petit-déjeuner derrière moi.

– Savana, attends, où vas-tu ? me cria Fauve.

Mais je continuais à marcher sans me retourner, vraiment blessée et énervée de ce que je venais d'entendre.

– Rage, qu'est-ce qui t'a pris de lui dire une chose pareille ? lui cria Griffe. Nous venons à peine de la retrouver et toi tu la traites comme ça.

– Elle devait entendre la vérité.

– Tu es sérieux ? lui dit Fauve. Nous voulions lui proposer de venir passer du temps avec nous pour rattraper ces quatre mois et toi, tu l'as fait partir.

Rage baissa la tête de tristesse.

– Je sais mais…

– Mais quoi ? demanda Cros.

– Je n'ai pas aimé qu'elle ait passé plus de temps avec ce Michael qu'avec moi. C'est moi son meilleur ami, lui il n'est qu'un inconnu.

– Attends, tu es jaloux ? demanda Darka.

– Un peu.

– Wow, Rage, dit Fauve pour le calmer, je ne crois pas que Savana ait dit qu'elle a plus aimé la compagnie de Michael que la tienne. Elle a juste dit qu'elle n'a pas trouvé sa compagnie trop mal, elle l'a juste un peu aimé et c'est tout. Pas de quoi être jaloux.

– Oui, franchement, ajouta Lance, c'est comme si elle passait toute la journée avec Fauve et qu'elle disait qu'elle a bien aimé.

– Oui, mais c'est différent, s'exclama Rage. Fauve est notre amie et une fille alors que Michael n'est ni l'un ni l'autre. Et je ne vois pas ce que Savana lui a trouvé.

Il partit en rage en passant par les arbres.

– Mon Dieu, à peine Savana arrivée et déjà une dispute, affirma Lance.

– Il faut trouver un moyen de les réconcilier, dit Fauve, après tout, nous sommes un groupe inséparable et nous devons le rester.

– Le problème c'est comment faire, dit Griffe, ils ont vraiment l'air fâché l'un et l'autre cette fois. Ce ne sont pas leurs petites disputes habituelles.

– Ne t'inquiète pas, Griffe, lui dit Fauve, j'ai une idée.

Soudain, ils entendirent un bruit. Ils se retournèrent et ils virent Cros qui prenait mon petit-déjeuner.

– Quoi, j'avais un petit creux, en plus ce n'est pas comme si elle allait venir le récupérer.

Derrière les buissons se cachait Rock, qui nous espionnait depuis le début et qui avait assisté à toute la scène. Il courut à toutes pattes pour aller avertir mon frère. Deux petites minutes plus tard, il rejoignit mon frère et Flèche.

– Scarfure, j'ai des nouvelles pour toi.

– Je t'écoute.

– Ta sœur et Rage se sont disputés.

– Vraiment ! Ça c'est intéressant. Où est partie ma sœur ?

– Je ne sais pas, je dirais vers le lac.

– Merci Rock, tu pourras avoir un peu plus de part de mon prochain gibier pour ton information. Moi, j'ai une sœur à aller réconforter, si vous voyez ce que je veux dire.

De mon côté, je pataugeais les pieds dans la cascade quand une voix me fit revenir sur terre.

– Savana ?

Je montais les yeux et je vis Lanz, mon petit fennec.

– Lanz, c'est toi ?

– Oui c'est moi. Et toi tu es de retour ?

– Oui, mais je me demande bien si c'est une bonne chose.

– Pourquoi tu dis ça ?

– Je me suis disputée avec Rage et il m'a dit que…

Des larmes commencèrent à sortir de mes yeux. Lanz se précipita vers moi. Je le pris dans mes bras de la même façon dont les humains tenaient leurs animaux en peluche.

– Qu'est-ce qu'il t'a dit ?

– Tu m'excuses, Lanz, je n'ai pas trop envie d'en parler. C'est un peu trop pour moi.

– OK, je comprends.

– Et toi, mon absence ne t'a pas trop affecté ?

– Pour te dire vrai, si. Sans toi, je ne savais plus où aller. Quand tu es partie, je suis resté dans ta hutte pour avoir un abri et pour trouver à manger. Je ne me nourrissais que des larves et autres insectes que je trouvais. Puis une semaine plus tard, ton frère arriva. Il me dit : « Qu'est-ce que tu fais dans la hutte de ma sœur ? ». Je lui expliquais que tu m'avais recueilli et que tu m'avais laissé dormir chez toi. Il s'est mis à rire et il m'a chassé de la hutte. Depuis je vis seul et je rôde dans la savane à la recherche d'un abri. Mais aucun animal n'a accepté de me recueillir chez lui.

– Mais tu aurais pu aller voir mes amis ; ils t'auraient aidé.

– J'avais peur qu'ils me rejettent eux aussi comme les autres, donc je suis resté seul.

– Mon pauvre petit. Mes amis ne t'auraient jamais rejeté. Aider les animaux en difficulté comme toi, c'est notre rôle.

– Je suis désolé. J'avais vraiment très peur de me faire rejeter.

– Ce n'est pas grave, dis-je en le serrant fort. Maintenant que je suis de retour, tu ne seras plus jamais seul.

– Eh bien eh bien, qu'avons-nous là ? Ma petite sœur triste sans ses amis.

Effrayé, Lanz se cacha derrière mon dos.

– Qu'est-ce que tu me veux, Scarfure ?

– Mais rien, j'ai entendu ta dispute avec ton meilleur ami alors je suis venu te réconforter. N'est-ce pas ce qu'un grand frère est censé faire ?

– C'est très ironique, Scarfure. Mais dans ton cas je ne crois pas que ce soit ce qu'un grand frère comme toi doit faire.

– Vraiment ! Pourquoi ?

– C'était une question ironique ou juste stupide ?

– Je ne vois pas pourquoi tu es si agressive envers ton grand frère qui ne voulait rien d'autre que te voir te sentir mieux.

– Mais oui bien sûr.

– Tu me fais mal, petite sœur ; j'ai fait tout ce chemin depuis mon rocher jusqu'à toi juste pour te consoler et toi tu me traites de la sorte.

– Eh bien tu risques de retourner d'où tu viens ! lui cria une voix.

Nous nous retournâmes et nous vîmes Darka, qui tenait ses armes en main.

– Comment oses-tu parler sur ce ton à ton futur roi ? lui cria Scarfure.

– De la même façon que je parle à mes pieds. Maintenant fiche le camp et laisse Savana tranquille.

Il partit en grognant. Darka vint à côté de moi et s'assit.

– Salut.

– Salut, répondis-je froidement.

– Euh… tu vas bien ?

– À ton avis, j'ai l'air d'aller bien pour toi ?

– Je…

– Après toute la tristesse que j'ai ressentie, ajoutée à la peur de ne plus vous revoir, je rentre et je suis traitée de la sorte. Alors oui, je vais extrêmement bien.

– Tu sais, je suis sûre que Rage ne pensait pas un mot de ce qu'il t'a dit.

– À bon, tu crois. Je n'ai pas l'impression.

– Je ne suis pas très douée pour exprimer mes sentiments ou encore voir ceux des autres, mais je peux te dire que tout ce que Rage t'a dit, c'est parce qu'il avait peur que ce Michael prenne sa place.

– Que veux-tu dire ?

– Sache que Rage fut celui de toute la savane qui a le plus pensé et s'est inquiété pour toi.

– Vraiment !

– Crois-moi, il était même plus inquiet que tes parents, même plus que ta mère.

– Sérieusement ?

– Eh oui, chaque jour qui passait, Rage était toujours le premier debout pour vérifier la frontière. Il ne cessait de pleurer tellement tu lui manquais. Il a trouvé même stupide la décision de tes parents consistant à attendre au lieu d'agir.

– Tu plaisantes ?

– Je te jure, il a failli faire la guerre avec ton père pour aller te chercher, mais ton père a réussi à l'en dissuader, je ne sais comment. Il était si déterminé à aller te chercher que j'ai même cru qu'il allait exploser.

– Wow ! à ce point ?

– Eh oui. Et sache que le fait que tu dises avoir apprécié la compagnie de quelqu'un d'autre que lui pendant qu'il s'inquiétait pour toi lui a vraiment fait mal. C'est pour cette raison qu'il a été un peu dur et énervé tout à l'heure.

– Oh, je vois.

– Je pense que tu devrais aller lui parler et vous réconcilier, car je trouve ça moche que vous vous disputiez après tout ce temps de séparation.

– Tu as raison, j'y vais.

Je donnai Lanz à Darka puis je me dépêchai d'aller voir Rage. J'ai dû passer par les arbres pour aller plus vite. Quelques minutes plus tard, je vis Rage assis sur un rocher avec Cros allongé à côté de lui. Je me rapprochai.

– Salut, vous deux.

– Salut, Sav', me dit Cros. Bon, je vous laisse.

Il partit, me laissant seule avec Rage. Je me rapprochai de lui.

– Puis-je m'asseoir ?

– Tu ne préfères pas aller rejoindre ton nouvel ami ?

Je m'assis à côté de lui. Un petit silence régna, puis Rage le rompit.

– Je suis désolé.

– Quoi ? le regardai-je, surprise.

– Je suis désolé de t'avoir dit toutes ces choses méchantes. La vérité est que t'entendre parler de cet humain et de nous avoir dit toutes ces choses sur lui je…

– Tu t'es senti jaloux ?

– Oui. Je sais qu'au lieu de me réjouir de ton retour, je t'ai plutôt poussée à partir et je…

Je mis mon doigt sur sa bouche pour lui dire de se taire, puis je le pris dans mes bras.

– Moi aussi je suis désolée. Je n'aurais jamais dû parler de cela alors que c'est un sujet assez sensible pour toi. Je m'excuse.

Soudain, une grosse explosion de pétales de fleurs retentit, nous faisant sursauter. Nous nous retournâmes et nous vîmes deux oiseaux qui volaient, tenant avec eux une immense affiche faite en feuilles avec écrit « les inséparables sont de retour ». Nous regardâmes le ciel, perplexes. Une seconde plus tard, tous nos autres amis descendirent.

– Ah vous vous êtes réconciliés ! cria Fauve.

– On s'explique, dis-je.

– Je cite, dit Darka, c'était l'idée de Fauve.

– C'est vrai, répondit-elle. En me promenant à côté de la frontière un jour, j'ai vu ces sortes d'affiches voler dans le ciel et avec eux, des sortes de feuilles colorées. Les humains utilisent ça pour fêter des choses et des événements. Donc je me suis dit que cela allait aider. D'ailleurs, je ne sais toujours pas comment on appelle ça, mais j'ai trouvé ça très joli.

– Tu parles d'un festival ? lui demandais-je.

– Un festival ! C'est donc ça, son nom ?

– Oui je…

Je vis Rage me lancer un regard qui signifiait de ne pas continuer.

– Non, oublie ça, je souris en me frottant la tête. Bon, on va se la faire, cette petite baignade ?

– Avec joie, dirent-ils tous.

Quand ils partirent, Rage se retourna et me regarda.

– J'imagine que ton regard signifie de ne plus parler des humains ou de la ville.

– Tu me comprends vite, c'est bien.

– Bon très bien. Petit jaloux, va !

Nous nous mîmes à rire puis nous partîmes. Nous avions passé toute la journée dans la cascade pour rattraper le temps perdu. Nous avions fait des concours de natation, joué à faire les poissons, voir qui allait tenir le plus longtemps sous l'eau, ce genre de chose. Le soir, nous fîmes un petit feu devant ma hutte.

– Wow, quelle journée ! s'exclama Cros. Je n'en peux plus.

– Tu parles, lui dit Griffe, tu as dormi toute la journée dans un arbre pendant que nous nagions.

– Justement, je faisais une divine sieste jusqu'à ce que quelqu'un m'asperge avec de l'eau froide, dit-il en regardant Rage.

– Désolé mon frère, mais dans la vie, la sieste n'est pas toujours utile.

– Mouais, mais quand c'est toi, tu nous fracasses à coups de massue.

– Je sais et c'est pour cette raison que j'aime ma massue.

– En tout cas, une journée comme celle-ci nous avait manqué, affirma Lance.

– Oh que oui, répondit Fauve, une journée où nous sommes tous ensemble à nous amuser.

– Ça c'est sûr, continua Darka, sans toi, Savana, la savane ne serait plus la même.

– Ouais, Rage aussi d'ailleurs, ajouta Griffe en se moquant.

Nous nous mîmes tous à rire pendant que Rage menaçait Griffe avec sa massue.

Le lundi, en ville, Michael partit au lycée sans moi. Quand il arriva dans la cour, le directeur l'interpela.

– Bonjour, Monsieur Marone.

– Bonjour, Monsieur le Directeur.

– Où est votre sœur, Savana ?

– Savana ! Eh bien, elle ne se sentait pas très bien alors elle n'est pas venue aujourd'hui.

– Elle ne se sent pas très bien. Que lui arrive-t-il ?

– Eh bien le dimanche, elle a été mordue par un insecte venimeux en aidant ma mère dans son jardin, donc elle est obligée de rester à la maison pour se faire soigner.

– Un insecte venimeux ? Lequel ?

– Euh… Je pense que ma mère a dit que c'était une scolopendre, c'est une espèce assez dangereuse de mille-pattes.

– Une scolopendre ! Bon, j'espère qu'elle sera vite guérie.

– Oui moi aussi, car mes parents s'inquiètent beaucoup en ce moment.

– Oui, je comprends. Bon, allez en classe maintenant et passez une bonne journée.

– Oui vous aussi, Monsieur le Directeur.

Ils partirent chacun de leur côté.

– Ouf, j'ai eu chaud.

Arrivé en classe, il vit que tout le monde était assis et que le cours avait même commencé.

– Bonjour, Madame Laye. Excusez-moi pour le retard, le directeur m'avait interpelé dans la cour.

– Ce n'est pas bien grave Michael, tu peux aller t'asseoir.

Il se dirigeait vers sa place quand madame Laye l'interpela.

– Michael, Savana n'est pas avec toi ?

– Non, elle est malade aujourd'hui, donc elle n'a pas pu venir.

– Quoi ! La pauvre petite, qu'est-ce qui lui est arrivé ?

– Eh bien elle s'est fait mordre par un mille-pattes en aidant ma mère dans son jardin le dimanche. Elle a commencé à avoir de la fièvre et quelques nausées. Donc mes parents lui ont demandé de ne pas venir à l'école.

– Un mille-pattes ? Lequel ?

– Eh bien d'après ma mère c'est une scolopendre.

– En effet, c'est vrai que c'est assez grave. Bon, quand tu seras rentré tu lui souhaiteras un bon rétablissement de ma part.

– Oui Madame, je le ferai.

Elle lui sourit, puis elle se mit à chercher une page dans son livre. Michael se mit à sa place et sortit ses affaires de SVT. Justin l'interpela.

– Alors là, frère, tu es vraiment un bon menteur.

– Merci mec, mais tout le mérite revient à mon frère qui m'a appris comment mentir.

Ils se mirent tous les deux à rire en silence.

À l'heure de la pause, Michael et ses amis marchaient dans les couloirs en discutant. Ils passèrent devant le bureau de leur directeur quand ils entendirent sa conversation avec la femme qui m'avait kidnappée. Ils se cachèrent derrière la porte pour écouter.

– Oui, Florence je sais, dit le directeur au téléphone.

– Florence ? C'est qui, demanda Justin ?

– C'est la femme qui a amené Savana en ville de force, répondit Michael.

– Taisez-vous tous les deux et écoutez, leur chuchota Molly.

– Oui, ne t'inquiète pas tout est en ordre, Savana est toujours chez Monsieur et Madame Marone.

– Tu en es sûr, elle est venue à l'école aujourd'hui ?

– Non, elle s'est absentée ; d'après Michael Marone, son frère, elle est tombée malade.

– Et vous l'avez cru comme ça sans preuve ?

– C'est-à-dire que Michael est l'un de nos élèves les plus sérieux et les plus honnêtes, donc oui je peux le croire.

– Mais oui. Sachez que de nos jours, ce sont les élèves les plus disciplinés qui mentent le mieux.

– Euh… Eh bien… Je…

– Je viendrai rendre visite à cette famille personnellement et voir de mes propres yeux si Savana est bien chez eux. Et n'oubliez pas que si je ne la vois pas, vous perdrez votre lycée et toute votre fortune. Je vous signale que je ne vous ai pas payé cent millions pour rien. Je tiens à garder le titre de mon service et le maire y compris, donc ne nous décevez pas. Et si par malheur je découvrais qu'elle est retournée dans la savane, je détruirai votre lycée ainsi que la savane.

– Oui, Madame Florence, bien sûr.

Il raccrocha son téléphone et il sortit de son bureau. Par chance, Michael et ses amis furent assez rapides pour se cacher derrière les casiers. Quand le directeur fut loin, ils sortirent de leur cachette.

– Quoi ? Si le directeur et Florence découvraient que Savana est rentrée, ils vont détruire la savane et le lycée ! s'écria Michael.

– Bon, le lycée, ce n'est pas trop la fin du monde, affirma Justin, mais c'est vrai que la savane, c'est loin d'être cool.

– Nous devons prévenir la police, affirma Molly.

– Nous sommes des adolescents, Molly, répondit Michael, ils vont prendre ça pour une blague de très mauvais goût.

– Bon eh bien on va le dire à qui ? Parce que sans l'aide d'un adulte, nous ne pourrons rien faire, s'exclama Justin.

– Allons voir mes parents. Mon père est avocat donc il pourra nous aider, affirma Michael. En plus, ils savent très bien que Savana est rentrée, donc ils pourront trouver une solution.

Michael et ses amis coururent à toute vitesse chez lui. Ils entrèrent dans la maison et ils trouvèrent ses parents dans la cuisine.

– Maman, Papa, nous avons un problème.

– Michael ! Qu'est-ce que tu fais à la maison à cette heure-ci ? demanda son père.

– Nous avons entendu le directeur parler avec Florence, répondit Justin.

– Oui et ?

– Ils planifient de venir vérifier que Savana est bien à la maison, continua Molly.

– Et ?

– Ils prévoient de détruire la savane si ce n'est pas le cas, pour la forcer à rester en ville, termina Michael.

– Quoi ? crièrent-ils tous les deux.

– Les enfants, vous êtes sûrs de ce que vous affirmez ? demanda sa mère.

– Écoutez par vous-mêmes, j'avais tout enregistré, répondit Molly en tendant son téléphone.

En effet, pendant qu'ils se cachaient pour écouter, Molly avait eu le réflexe de tout enregistrer au cas où il y aurait quelque chose de compromettant, et elle avait eu raison. Elle mit l'enregistrement en route et toute la conversation du directeur et de Florence en sortit.

– Vous voyez ce qu'on disait, ils veulent détruire la savane s'ils ne trouvent pas Savana chez vous.

Les parents de Michael furent horrifiés par ce qu'ils venaient d'entendre. Le père de Michael se leva.

– Bon les enfants, laissez-nous gérer cela et retournez au lycée. Nous nous chargerons de les accueillir.

– Mais Papa, nous voulons vous aider.

Son père lui caressa la tête pour le calmer.

– Nous faire entendre cet enregistrement fut déjà d'une grande aide. Maintenant retournez au lycée, le reste, ce sont des histoires d'adultes.

– D'accord, Papa.

– Molly, envoie cet enregistrement sur mon téléphone. Je me chargerai du reste.

– D'accord, Monsieur.

– Quand viendront-ils visiter la maison ?

– Florence ne l'a pas dit, Maman.

– Donc nous allons devoir nous attendre à n'importe quelle heure.

– Mais qu'est-ce que l'on va dire au lycée pour notre absence ? demanda Justin.

– Nous avons cours de maths après, non ? demanda Molly.

– Oui pourquoi ?

– Nous n'avons qu'à dire que nous avions oublié nos devoirs chez Michael et que nous étions venus chez lui les récupérer. De toute façon, il dit toujours que personne n'entre dans sa classe sans ses devoirs faits, nous n'aurons qu'à lui dire que nous avons obéi pour éviter des problèmes.

– Pas bête, Molly. Allez, on court.

Ils partirent à toute vitesse au lycée et arrivèrent même avant la fermeture des portes. Malheureusement pour eux, leur professeur de mathématiques était déjà entré en classe et il vérifiait les devoirs. Quand il les vit, il se dirigea vers eux.

– Alors, Monsieur Marone, Monsieur Kane et Mademoiselle Ly, nous fuyons les cours ? De la part de vos amis, cela ne me surprend pas, mais de votre part à vous, Monsieur Marone, c'est une première.

– Non pas du tout, Monsieur Gaye. Mes amis et moi avions oublié nos devoirs de maths chez moi, donc nous avons couru pour les chercher. Vous n'avez qu'à regarder, ils sont là et tous faits.

Leur prof prit leurs cahiers pour vérifier. Un instant plus tard, il les leur rendit avec un sourire.

– Bon ça va, mais la prochaine fois, vérifiez tous vos affaires avant de venir. Cela vous évitera de faire des allers-retours épuisants. Et bravo, Monsieur Marone, vous avez trouvé absolument tous les exercices. Allez-vous asseoir, vous deux, et vous Monsieur Marone, allez corriger les exercices au tableau pendant que je vérifie les cahiers de vos autres camarades.

– Oui, Monsieur.

Il leur rendit leurs cahiers. Molly et Justin partirent à leur place pendant que Michael corrigeait les exercices au tableau. Deux heures plus tard, chacun rentra chez soi. Quand Michael fut arrivé chez lui, il vit deux voitures inconnues garées devant leur maison. Il entra et il vit le directeur de son lycée, Florence et deux de ses hommes assis dans leur salon avec ses parents. Il commença à devenir nerveux pendant que les adultes le regardaient.

– Bonsoir, mon chéri, lui dit sa mère, alors c'était bien le lycée ?

– Oui, Maman, très bien.

– Et tes devoirs de maths, tu les as rendus ?

– Oui, d'ailleurs Monsieur Gaye a dit que j'étais le seul de la classe à avoir trouvé tous les exercices.

– C'est bien, mon fils, s'exclama son père.

– C'est tout à fait normal, Monsieur Marone, dit le directeur, votre fils fait partie de mes meilleurs élèves, donc cela n'est nullement surprenant pour moi. Par contre, ton professeur m'a dit que tu étais venu en retard.

– Monsieur le Directeur, répondit sa mère, mon fils tête en l'air avait oublié de prendre ses devoirs de maths, donc il a dû courir pour les récupérer ; en plus il avait fait ses devoirs avec ses amis. Ces derniers n'avaient rien compris au cours donc il a proposé de les aider. Il est comme moi, il veut aider tout le monde, mais il est un peu tête en l'air, dit-elle en riant.

– Je vois ça. C'est bien Michael, mais vérifiez toujours vos affaires avant de venir ; cela vous évitera de devoir rentrer pour les chercher.

– Oui, Monsieur le Directeur. Vous m'excusez, je dois monter dans ma chambre, j'ai des devoirs à faire.

– Oui bien sûr, je comprends. Un bon élève fait toujours ses devoirs le jour même pour ne pas avoir de problème.

Michael lui sourit nerveusement, puis monta dans sa chambre.

– Bon, nous n'allons pas vous déranger plus longtemps, nous voulons juste vérifier que Savana est bien ici, puis nous partirons, leur dit Florence.

– Oui, elle dort tranquillement dans sa chambre, répondit Barbara. J'imagine que mon fils vous a averti, Monsieur le Directeur, qu'elle était malade. La pauvre, ce mille-pattes ne l'a vraiment pas ratée.

– Oui, votre fils m'a averti de cela. Mais nous pouvons monter pour la saluer et lui souhaiter un bon rétablissement.

– Oui, bien sûr. Suivez-moi, je vais vous indiquer sa chambre.

Barbara, un peu nerveuse, le conduisit jusqu'à la chambre d'amis. Arrivés, ils virent Michael qui était assis à côté du lit en train de lire un livre et une perruque noire et longue était mise et couverte sur le lit pour faire penser que je dormais la tête presque couverte.

– Maman, qu'est-ce qui se passe ?

– Rien mon chéri, ils voulaient juste souhaiter un bon rétablissement à Savana avant de partir.

– Eh bien, nous le lui passerons quand elle sera réveillée, car comme vous le voyez elle dort.

Ils regardaient le lit, un peu perplexes. Florence s'approcha un peu méfiante, puis soudain, la perruque bougea et on entendit un petit ronflement de fille. Elle recula.

– Bon, il me semble bien qu'elle dorme. Excusez-nous pour ce petit dérangement alors. Bonne soirée.

Ils sortirent et Barbara les accompagna. Dès que la porte se referma, Michael lâcha son livre et son frère portant une perruque avec ma coiffure se leva du lit, tous deux en poussant un soupir de soulagement.

– Ouf, merci Chris, tu nous as sauvés.

– Ouais pas de quoi. Mais tu me dois un mois de corvées pour le service.

– C'était évident. Maintenant, il faut que je fonce prévenir Savana.

– Et on peut savoir comment tu vas faire pour sortir sans te faire remarquer ?

– Sache mon très cher frère que Savana ne m'a pas appris que des choses de la savane.

– Que veux-tu dire ?

Michael lui fit un clin d'œil, ouvrit la fenêtre puis sauta. Son frère, surpris, courut vers la fenêtre. En effet, Michael avait grimpé sur l'une des branches de l'arbre à côté de sa fenêtre. Il bondit de branche en branche comme je le lui avais montré et atteignit la rue sans se faire remarquer, puis il courut en direction de la savane.

– Wow trop fort ! s'écria son frère en regardant la scène.

En bas, les parents de Michael disaient au revoir à leurs invités quand Florence fit soudainement semblant d'avoir oublié quelque chose.

– Oh mon Dieu, mon téléphone, je l'ai oublié à l'étage. Je vais monter le prendre.

– Non attendez, cria Dan, je vais monter vous le chercher.

– Non, ne vous donnez pas cette peine, Monsieur, je serai rapide, en plus, vous ne savez pas à quoi cela ressemble.

– Oui, mais mon fils est en haut, il pourra vous le rapporter.

Elle se mit en colère.

– Vous deux, attrapez-moi ces deux-là tout de suite.

– Attendez, quoi ?

Avant même que les parents de Michael réagissent, deux des hommes de Florence les attrapèrent et les empêchèrent de bouger.

– Désolé, mais votre jeu est loin d'être crédible.

Le directeur et elle montèrent de nouveau à l'étage. Cette fois-ci, ils trouvèrent Chris sur son téléphone avec sa perruque en tête.

– Je le savais ! affirma-t-elle. Toi, il est où ton frère ?

– Mon frère ! Je ne sais pas, désolé.

Elle regarda la fenêtre ouverte et comprit.

– Le sale rat, il s'est échappé. Vite, appelle le cabinet et demande à tous mes hommes de venir. Nous allons nous rendre dans la savane.

– Tout de suite, Madame.

Le directeur prit son téléphone et appela les services sociaux. Du côté de Michael, il courut aussi vite qu'il le put pour arriver avant les autres. En chemin, il croisa Molly et Justin à vélo.

– Les gars, il faut que vous m'aidiez !

– N'en dit pas plus, lui dit Justin, allez monte.

Il sauta sur l'arrière du vélo de Justin et tous trois partirent dans la savane à toute allure. Malheureusement pour eux, Florence et ses hommes n'étaient pas trop loin derrière eux. Les trois parcoururent la ville à une vitesse folle et sans arrêt pour souffler. Ils durent emprunter un bon nombre de raccourcis pour aller plus vite. Une chose était de leur côté : ils connaissaient la ville et les moindres coins, recoins et raccourcis de cette dernière mieux que n'importe qui et surtout, mieux que Florence et ses hommes. Après dix à quinze minutes, ils arrivèrent devant la frontière de la savane gardée par Cros et Darka.

– Michael, que fais-tu ici ? demanda Cros.

– Je vous expliquerai tout après, il me faut d'abord parler avec Savana et les autres.

– Pourquoi ?

– La savane court un grand risque !

– Et tu as fait tout ce chemin pour venir nous avertir ? demanda Darka.

– Oui, après tout, je ne veux pas que l'habitat de mes amis soit détruit.

Ils le regardèrent tous les deux en état de choc, car je dois dire que c'était le premier humain qui venait pour plus aider la savane que la détruire. Sans hésiter, ils les guidèrent au ruisseau où nous autres étions. Malheureusement, dès qu'ils partirent, la voiture de Florence arriva à la frontière. Quand ils furent arrivés au ruisseau, Michael courut vers moi, qui discutais avec Rage.

– Savana, nous avons un immense problème !

– Quoi ! Qu'est-ce qui se passe ?

– Florence et ses hommes sont là pour te ramener en ville.

– Quoi !

– Et si tu ne viens pas, ils menacent de détruire la savane !

– Quoi !

– Je ne sais pas s'ils sont déjà arrivés, mais il faut que vous protégiez la savane et que vous mettiez tous les animaux en lieu sûr.

– Vous l'avez entendu ? criai-je aux autres.

Ils se levèrent et se mirent tous en position de combat.

– Alors allons défendre notre maison !

– Ouais ! crièrent-ils tous.

– Bon les amis, chacun va aller en premier lieu se rendre chez lui et avertir sa famille tout en mettant en lieu sûr les animaux qu'il croisera. Molly, Justin, et Michael, vous venez avec moi.

– Compris.

Justin et Michael sautèrent tous les deux sur le vélo de Justin et Molly me fit signe de monter sur le sien. Chacun partit de son côté. D'abord, Lance courut à toute vitesse pour se rendre chez elle et comme ordonné, elle avertit et mit en lieu sûr tous les animaux qu'elle croisa. Les hommes de Florence s'étaient dispersés pour mieux me trouver et mieux saccager la savane. Quand Lance en vit un qui était sur le point de tirer sur un pauvre petit bébé girafe, elle bondit entre eux deux.

– Une autre enfant sauvage ?

– Laissez ce bébé tranquille !

– Sinon quoi, petite ? Tu vas gentiment me suivre sans faire d'histoire et tout ira bien.

Elle se mit dans une rage extrêmement grande.

– J'ai dit : laissez cet animal tranquille !

Soudain, ses yeux se mirent à briller et une petite seconde plus tard, elle se transforma en un lynx et elle poussa un grand cri. Le pauvre homme était si terrifié qu'il s'enfuit en laissant son arme au sol. Lance se mit à rire puis alla voir la petite girafe.

– Ça va mon petit, tu n'as rien ?

– Non ça va, merci, Mademoiselle Lance.

– Je t'en prie, c'est mon métier.

– Attendez, Mademoiselle Lance, depuis quand vous savez vous transformer en lynx ?

– Pardon ?

Elle regarda attentivement son corps et se rendit compte qu'elle était devenue un lynx.

– Quoi ! Comment est-ce possible ?

Avant de poser plus de questions, elle se souvint de ce qu'elle devait faire. Elle courut avec son nouveau corps.

Du côté de Cros, il bondissait d'arbre en arbre pour aller voir sa famille quand lui aussi rencontra l'un des hommes de Florence, qui menaçait une famille de singes. Il courut à toutes jambes vers lui et lui lança une flèche à partir de l'arbre où il se trouvait. L'homme sursauta et recula. Cros se mit entre lui et la famille de singes. Il fit signe aux singes de partir puis il sortit une autre de ses flèches.

– Dégage de là, gamin, et rentre chez toi avant que quelqu'un ne soit blessé !

– J'espère que vous parlez de vous, car le seul qui va partir, ce sera vous.

– Et que comptes-tu faire avec ton joujou ?

L'homme prit son arc et sa flèche et le poussa.

Cros était à terre et désarmé. L'homme s'approcha.

– Allez, rentre chez toi maintenant et je ne dirai rien à tes parents.

Cros s'énerva. Il se leva, regarda l'homme droit dans les yeux.

– C'est plutôt vous qui allez rentrer chez vous.

Ses yeux se mirent à briller et une seconde plus tard, il se transforma en jaguar.

L'homme fut si choqué qu'il fit tomber son arme. Cros poussa un rugissement et menaça de sauter sur lui, mais l'homme apeuré s'enfuit à toutes jambes.

– C'est dommage, je n'avais pas fini avec lui.

– Wow, Monsieur Cros, dit le père singe, j'ignorais que les humains pouvaient se transformer en jaguars !

– Que voulez-vous dire ?

Il lui pointa du doigt sa nouvelle apparence et mon Dieu, Cros faillit s'évanouir quand il vit son corps. Mais n'ayant pas de temps à perdre, il mit les singes à l'abri et continua son chemin.

Du côté de Griffe, il passa par les chutes d'eau pour rejoindre son clan. Comme les autres, il rencontra un homme armé qui s'apprêtait à lancer des bombes sur les arbres où vivaient des oiseaux et leurs petits. Sans hésiter, il sauta sur chaque arbre et enleva les nids avant que les bombes ne les détruisent. Aucun oiseau ne fut blessé mais il ne comptait pas laisser cet acte impuni. Il sortit son épée et la lança sur un arbre à côté de l'homme. Ce dernier terrifié se retourna et le vit.

– Un enfant ici ? Dis donc toi, tes parents ne t'ont jamais appris qu'il ne faut pas jouer avec des objets pointus ?

– Au contraire, Monsieur, mes parents m'ont toujours dit de m'en servir pour protéger les animaux des barbares comme vous.

– Eh bien, à ce que je vois ils ne t'ont pas non plus appris la politesse, petit insolent.

– Mes parents m'ont très bien éduqué.

– Ce n'est pas ce que je vois.

De rage, Griffe le regarda.

– Vous insinuez que mes parents sont incompétents pour s'occuper d'un enfant ?

– En effet, c'est ce que je remarque.

Ses yeux se mirent à briller.

– Sachez que personne n'a le droit d'insulter ma famille !

Il se transforma en un léopard et il bondit sur l'homme. Ses crocs immenses ainsi que sa mâchoire firent si peur à l'homme qu'il s'enfuit.

– Wow, j'ignorais que les humains étaient aussi lâches et peureux.

Il se regarda à travers la rivière et se rendit compte qu'il était devenu un léopard. Il s'extasia un peu, puis continua sa route avec son nouveau corps.

Fauve de son côté courut comme une folle pour aller voir si sa famille n'avait rien. En chemin, elle vit un bébé zèbre qui s'était éloigné de son troupeau. Elle courut vers lui.

– Eh, petit, ne reste pas dans le coin, c'est dangereux ici.

– Ah bon pourquoi ?

– Il y a des humains qui sont là pour détruire la savane et il faut te mettre à l'abri. Où sont tes parents ?

– Je ne sais pas, je jouais avec un papillon puis j'ai perdu leur trace.

– Bon, viens avec moi, nous allons les retrouver, d'accord ?

– D'accord.

Ils se mirent tous les deux en route pour retrouver la famille du pauvre petit zèbre. Soudain, ils entendirent un coup de feu non loin de leur position. Ils se rendirent tous les deux en direction du coup de feu et ils virent une troupe de zèbres affolés avec une femelle blessée à la jambe, incapable de bouger, et au milieu l'un des hommes de Florence qui tirait avec un fusil. Le petit zèbre se précipita vers le zèbre blessé, en pleurs.

– Maman, tu vas bien ?

– Ça va mon petit, je me suis juste blessée à la jambe, mais ça va. Va rejoindre ton père et fuyez.

– Mais et toi ?

– Je vais m'en sortir, ne t'inquiète pas.

– Non, je ne vais pas t'abandonner ici, je reste avec toi.

Le petit zèbre se mit à pleurer pendant que sa maman essayait de le persuader de partir. Fauve fut si touchée par la scène triste qu'elle courut vers l'homme.

– Eh, vous !

– Moi ? dit l'homme en se retournant.

– Pourquoi vous faites du mal à de pauvres zèbres innocents qui ne font de mal à personne ? En plus vous avez blessé la maman de ce pauvre petit zèbre.

– Désolé, petite, je ne fais que suivre les ordres. En plus, qui se soucie de ces pauvres petites bêtes ? Ce sont juste des animaux.

Suite aux mots qu'il venait de prononcer, Fauve se mit en rage.

– Juste des animaux ! Juste des animaux ?

Ses yeux se mirent à briller et elle se transforma en un guépard. L'homme se retourna et sursauta à la vue de Fauve. Cette dernière poussa un grand rugissement qui le fit fuir. Le bébé zèbre vint vers elle.

– Merci infiniment, Fauve, vous avez sauvé mon troupeau et vous avez fait fuir le méchant homme.

– Je t'en prie, mon petit.

– Wow, vous êtes belle en guépard.

– Quoi ?

Elle se regarda et vit qu'elle était devenue un guépard.

– Wow, comment est-ce… ? Bon, je vais m'occuper de ça plus tard, suivez-moi je vais vous amener dans un lieu sûr.

– Et ma maman ?

– Ne t'inquiète pas, je ne l'ai pas oubliée.

Fauve mit la maman zèbre sur son dos et conduisit les autres zèbres en lieu sûr.

Darka, de son côté, passait par les grands rochers pour aller chez elle. Soudain, elle vit une troupe de buffles affolés parce qu'un homme était en train de les mettre en filets. Darka lança ses deux bâtons vers l'homme pour le stopper. Quand ce dernier la vit, il s'arrêta.

– Qu'est-ce qu'une enfant fait ici ?

– Laissez ces pauvres buffles tranquilles et tout ira bien pour vous.

L'homme se mit à rire.

– Oh vraiment, et qu'est qu'un petit asticot comme toi va me faire ?

– Ne m'obligez pas à m'énerver.

Il se mit à rire encore plus fort.

– Écoute petite, tu vas gentiment retourner chez toi et jouer aux aventurières avec tes jouets. Là, il y a des hommes qui travaillent et qui n'ont pas le temps pour des enfantillages.

Je peux vous dire que Darka ne déteste qu'une chose au monde plus que de faire du mal à la savane, c'est qu'on ne la prenne pas au sérieux, voire pire, qu'on se moque d'elle. Ses yeux se mirent à briller et là, elle devint une panthère noire. Elle poussa un rugissement si fort que la casquette de l'homme s'envola. Il se retourna et il vit Darka debout devant lui, avec les buffles derrière elle.

– Alors, Monsieur, maintenant vous me prenez au sérieux ?

La mâchoire de l'homme tomba et sans attendre, il s'enfuit en courant. Darka fit signe aux buffles de la suivre et ils partirent tous ensemble.

Rage de son côté, par chance, ne croisa aucun animal en danger. Il put donc se rendre chez sa famille le plus vite possible. Arrivé chez lui, tous les tigres étaient dehors et se prélassaient. Il alla vers ses parents.

– Maman, Papa, il faut partir d'ici au plus vite !

– Partir d'ici ? Pourquoi ? demanda sa mère.

– Des humains arrivent. Ils sont là pour détruire la savane.

– Quoi !

– Je savais qu'un jour ça allait arriver, s'exclama son père. Vite, tout le monde, nous devons partir au plus vite, les humains approchent et nous devons évacuer les lieux et nous mettre à l'abri.

– Rage, mon chéri, monte sur mon dos.

– Oui, Maman.

Tous les tigres se mirent en groupe, puis partirent. Même pas à un mètre de leur territoire, trois hommes armés les encerclaient. Les tigres se collèrent les uns aux autres, ne sachant pas quoi faire. Rage bondit du dos de sa mère et il se mit entre eux.

– Laissez-les tranquilles !

– Un gamin avec des tigres ? cria l'un d'eux.

– Mais tu es complètement fou, petit, lui cria un autre, qu'est-ce que tu fais avec des tigres ?

– C'est ma famille.

– Ta famille ?

Ils se mirent tous les trois à rire.

– Très drôle, gamin, maintenant pousse-toi du chemin et laisse-nous nous occuper d'eux.

– Jamais !

L'un d'eux en eut marre, lui prit le bras et le poussa loin des tigres.

– Rage ! cria sa mère.

Ce dernier se releva et il vit ces hommes en train de mettre les tigres dans des filets. Fou de rage, ses yeux se mirent à briller. Une seconde plus tard, il devint un tigre. Il poussa un rugissement si puissant que l'un des hommes perdit son équilibre. Rage bondit sur ce dernier.

– Vous allez laisser ma famille tranquille et dégager de la savane sans plus attendre ! lui cria-t-il en lui montrant ses dents ainsi que ses yeux.

Les trois hommes furent si terrifiés qu'ils s'enfuirent plus vite que le vent. Rage libéra sa famille et les autres tigres.

– Mon bébé !

– Maman !

Rage courut vers sa mère et ils se firent un câlin.

– Oh mon bébé, je n'en reviens pas que tu te sois enfin transformé.

– Pardon ? Tu veux dire que tout ça est normal ?

– Je t'expliquerai après, en attendant, la savane a besoin de toi. Nous allons nous mettre à l'abri, toi, va protéger les animaux.

– J'y cours, Maman.

Il partit pendant que ses parents le regardaient avec une immense fierté.

De mon côté, Michael, Justin, Molly et moi roulions pour aller voir ma famille. Mais comme tout le monde, nous nous mîmes à aider où à mettre à l'abri chaque animal que nous rencontrâmes. Grâce à leur vélo, la route jusqu'à ma maison fut rapide, mais malheureusement, une mauvaise surprise nous attendait. En effet, quand je fus arrivée, Florence ainsi que son équipe nous attendaient avec impatience et avec eux, ma famille mise en cage.

– Oh non on arrive trop tard !

Nous descendîmes des vélos.

– Eh bien, eh bien, qu'avons-nous ici ? Bonjour, Savana.

– Laissez ma famille tranquille, sale monstre ! dis-je en sortant ma lance.

– Eh bien, mes doutes se sont avérés ; ils ont beau t'avoir recueillie, ils ne t'ont pas appris la politesse.

– Laissez-les tranquilles j'ai dit !

– Bien sûr que nous allons les laisser tranquilles, mais cela ne dépend que de toi.

– Quoi ?

– C'est simple, ma chérie. Tu viens avec nous et tu restes en ville, nous laissons la savane tranquille ou nous détruisons tout et tu seras forcée de venir en ville. Dans les deux cas, tu viens en ville avec nous, seulement tu ne reverras plus jamais la savane. Alors qu'en penses-tu ?

Je ne savais pas quoi faire, d'un côté, si je partais, je ne pourrais plus revoir la savane, et d'un autre côté, ils détruiraient la savane et je ne la reverrais plus. Je ne savais pas quoi faire. Soudain, Michael mit sa main sur mon épaule.

– Elle reste dans la savane.

Nous nous regardâmes, tous surpris.

– Quoi ?

– Elle reste dans la savane. Florence, vous êtes dans les services sociaux pour aider les enfants à trouver un meilleur foyer ou un meilleur environnement, mais est-ce vraiment nécessaire si l'environnement lui convient déjà ? Savana aime la savane plus que tout et elle s'y sent bien ainsi que ses amis. Vous n'avez pas le droit de l'enlever de son habitat sous prétexte que l'environnement n'est pas bon pour vous. Sachez que chacun a une vision des choses et des êtres. Une maison est avant tout un environnement où l'on se sent bien, où il y a notre famille, où nous nous sentons heureux et épanouis. Nul n'a le droit de nous forcer à vivre dans un environnement que nous n'aimons pas, que nous soyons enfant, adulte ou vieux. Notre maison est avant tout un espace qui nous semble être le paradis, pas l'enfer. Pour vous, un environnement parfait n'est rien d'autre qu'un toit, des meubles et des humains civilisés, mais sachez que pour Savana, un bon foyer n'est ni plus ni moins qu'une belle végétation, de l'air pur, des animaux et des plantes autour, la vie sauvage et la vie naturelle. C'est ça pour elle un bon foyer. La savane l'a recueillie toute sa vie et lui a appris les choses essentielles de la vie. Elle se sent aimée, elle se sent à sa place, elle se sent chez elle. Nous n'avons aucun droit de lui enlever sa maison sous prétexte qu'elle ne nous plaît pas. Car sachez que ce que vous voyez comme des choses, Savana les voit d'une autre façon.

Un grand silence régna. Soudain, Florence se mit à applaudir de la même façon que les méchants dans les films.

– Alors là, jeune homme, toutes mes félicitations. Sache mon petit que je n'ai jamais vu quelqu'un d'aussi audacieux que toi, bravo. Mais laisse-moi te rectifier. Bien sûr que j'ai le droit d'enlever Savana de la savane et de l'emmener en ville. Tu sais pourquoi ? Parce que le maire me l'a permis. Alors ferme ta bouche et laisse les adultes faire.

– Je ne crois pas, non, dit soudainement une voix.

Nous nous retournâmes et nous vîmes mes amis, mais avec des formes animales.

– Désolé, mais Savana n'ira nulle part sans notre accord, affirma Rage.

– Rage, les amis, c'est vous ?

– Oui ma belle, c'est bien nous.

– Comment vous êtes-vous transformés en animaux ?

– Nous-mêmes nous l'ignorons, répondit Darka. Ce que nous savons, c'est que nous ne te laisserons pas te battre seule.

– Avec moi tout le monde ! cria Rage.

Ils se mirent tous à foncer sur Florence et ses hommes. Cros et Griffe se servirent de leur poids pour faire basculer la voiture pendant que nous autres nous nous battîmes contre les hommes de Florence. Quand la voiture tomba, la cage dans laquelle ma famille était maintenue tomba et s'ouvrit, libérant la famille. Je courus vers eux et nous nous prîmes dans les bras. Florence se faufila, prit un fusil et captura Scarfure avec l'un des filets. Elle prit un fusil et menaçait de tirer sur lui si je ne me rendais pas. Je sentis et vis la peur et l'angoisse dans les yeux de mon frère.

– Reculez ! Un pas de plus et je tire sur lui. Savana, monte gentiment dans la voiture et il n'y aura rien.

Scarfure me regarda, puis baissa la tête. Je la regardais droit dans les yeux.

– Laisse immédiatement mon frère tranquille.

– Pardon ?

Florence et Scarfure me regardèrent, en état de choc.

– J'ai dit : laisse immédiatement mon frère tranquille.

Mes yeux se mirent à briller et je me transformai en une lionne avec des yeux perçants et de longues griffes très pointues. Je poussai un rugissement si puissant que l'arme ainsi que le filet qui retenait mon frère s'envolèrent.

Mes amis et moi étions sur le point de les attaquer, mais nous fûmes stoppés net par mon père, qui ordonna de les laisser.

– Attendez ! cria le directeur, vous m'avez fait perdre mon temps pour une lionne qui était juste une humaine ?

– Mais je croyais…

– Plus un mot, Madame. À cause de vous j'ai failli mettre trois de mes élèves en danger et surtout, j'ai failli détruire un patrimoine très important pour notre continent !

– Mais je…

Le directeur ainsi que les autres hommes partirent tous en laissant Florence seule.

– Attendez, ne partez pas sans moi !

Nous les regardâmes partir, satisfaits. Scarfure s'avança vers moi.

– Pourquoi, pourquoi tu m'as sauvé après tout le mal que je t'ai fait ? J'ai été un si horrible frère pour toi et toi tu…

Avant même qu'il ne finisse sa phrase, je le pris dans mes bras.

– Il est vrai que tu n'as pas été ce que nous pourrions appeler un excellent frère durant toutes ces années, mais tu es mon frère et je ne souhaiterai jamais qu'il t'arrive malheur, malgré ton comportement à mon égard.

– Mais je…

– Rage m'a tout expliqué. Il m'a raconté votre conversation pendant mon absence et j'ai tout compris. Tu étais juste en manque d'attention et d'affection. Et le fait de voir les parents mieux me traiter que toi t'a fait mal, faisant naître une haine à mon égard. Sache que je ne t'en veux pas et je te pardonne, car maintenant que je comprends où est le problème, je vais tout faire pour le régler.

Il me regarda avec des yeux larmoyants et nous nous fîmes un câlin de nouveau.

– Je suis sincèrement désolé d'avoir été un aussi horrible grand frère, je te promets de tout faire pour me rattraper.

– Je n'en doute pas une seconde.

– Oh, mes bébés, dit ma mère en s'approchant de nous, je suis si contente que la haine entre vous se soit dissipée. Maintenant, nous allons enfin devenir une famille normale.

– C'est vrai, mais juste une chose, Maman.

– Oui ?

– Je peux avoir une explication de cette transformation soudaine en lionne, et pour mes amis aussi ?

Soudain, les parents de mes amis arrivèrent et ils se mirent à côté des miens.

– Eh bien, je pense qu'il est enfin temps de vous raconter notre petit secret.

– Quel secret ?

– Attends une seconde, petite sœur, tu seras choquée.

Mon père se mit à raconter l'histoire jusqu'à la fin. Seulement, pour expliquer la transformation de mes amis, les autres parents durent intervenir.

– L'histoire de ton père est la même que les nôtres, les enfants, dit le père de Rage, je vais continuer. Bon, comme ton père l'a si bien dit, Savana, l'explosion qui eut lieu dans le laboratoire n'affecta pas que tes parents. Les collègues avec lesquels tes parents travaillaient, en réalité, c'étaient nous. Tes parents travaillaient sur le remède pour soigner le lion malade ; nous, c'était sur les autres félins. Ma femme et moi nous travaillions sur un tigre que nous avions dû importer de loin, car comme tu le sais il n'y a pas de tigres dans la savane. Contrairement aux autres félins que nous avions pris de la savane, le tigre fut donc importé. Enfin bref, comme je l'ai dit ma femme et moi travaillions sur un tigre, ceux de Fauve sur un guépard, ceux de Darka sur une panthère noire, ceux de Griffe sur un léopard, ceux de Cros sur un jaguar et enfin ceux de Lance sur un lynx. L'explosion qui retentit dans le laboratoire nous affecta tous. De la même façon que tes parents ont fusionné et se sont transformés en lion, ce fut le cas avec nous et les animaux que nous expérimentions.

– Wow, c'est complètement fou, Papa ! dit Rage.

– Je sais mon fils. Puis, quand nous nous sommes réunis et rendu compte que nous étions tous dans la même situation, nous décidâmes d'aller vivre dans la savane pour non seulement voir et apprendre le fonctionnement des autres animaux, mais aussi parce que nous n'avions pas trop le choix. Avec la société qui allait nous traiter de monstres et de toutes sortes de choses, la savane devint notre nouvelle maison.

– Wow ! s’exclama Fauve. Mais une seconde, comment le père de Savana est-il devenu roi ?

– C’est simple, ma petite, répondit mon père. Le lion que je devais soigner était en réalité le roi de la savane. Seulement, suite à l’explosion, ce dernier n’a pas survécu. Étant devenu le seul lion mâle de la savane, j’ai pris sa place.

– Ah d’accord, je vois, répondit-elle.

– Une seconde, Papa, tu es en train de me dire qu’en réalité…

– Nous ne t’avons jamais adoptée, tu es notre vraie fille. Tu as juste mis un peu de temps comme tes amis pour te transformer.

– Donc je suis à cent pour cent de la savane ?

– Oui, ma chérie, tu l’es.

– Les animaux connaissent-ils votre secret ? demanda Rage.

– Bien sûr que oui, répondit son père, d’après toi, pourquoi ils vous ont vite acceptés au sein de la savane ?

– Mais Papa ton histoire correspond à l’histoire de l’oncle de Michael.

Mon père se transforma en humain.

– C’est normal, ma chérie. Son oncle disparu, c’est moi.

– Toi ? dit Michael en s’approchant les larmes aux yeux. C’est toi mon oncle ?

– Oui, mon cher neveu, c’est bien moi.

Il courut vers lui et le prit dans ses bras avec des larmes de joie.

– Je n'en reviens pas de te trouver, Tonton, après toutes ces années. J'ai toujours su que je te verrais un jour.

– Moi aussi, mon cher neveu. Je suis désolé d'être parti sans prévenir ta mère, mais j'imagine qu'avec mon histoire, tu as tout compris.

– Oui, Tonton, oui j'ai tout compris.

Je les regardais se prendre dans les bras avec des yeux larmoyants de joie quand je réalisai quelque chose.

– Une petite minute, Papa si tu es l'oncle disparu de Michael cela signifie qu'il est…

– Ton cousin en effet.

– Je n'en reviens pas ! J'étais avec ma cousine tout ce temps et je ne m'en suis même pas rendu compte ! s'exclama Michael.

– Ça explique la ressemblance avec ma tante…

Ma mère ainsi que les parents de mes amis se transformèrent tous en humains, mais ils gardèrent leur queue et leurs oreilles. Mon frère et les jumeaux suivirent. Pour la transformation humaine de Scarfure, il avait des cheveux noirs qui se limitaient à la moitié de son dos, des yeux verts et le teint noir.

– Comment êtes-vous redevenus humains ? demandai-je.

– Tu te concentres et c'est fini. Je vais te montrer. Ferme les yeux et pense à ton ancienne apparence.

Je fis ce que Scarfure dit et je revins à ma forme d'avant, seulement, les oreilles et la queue de lion restèrent. Mes amis firent de même et la même chose se produisit.

– Merci, grand frère.

– Bien maintenant il faut te préparer.

– Me préparer pourquoi ?

– Devenir la future reine de la savane, voyons.

– Quoi ? Et toi ?

– Je t'ai bien observée et je pense que tu mérites ce titre mieux que moi. J'ai été un horrible prince, alors que toi tu te comportais à peine comme une princesse. Tu étais modeste et tu ne montrais même pas ton titre contrairement à moi qui le criais sur tous les toits. Tu mérites de devenir la reine des lieux.

– Je suis flattée, Scarfure, mais…

– Pas de *mais*, petite sœur.

– Ta sœur n'a pas tort de douter, Scarfure, ajouta mon père. Tu es sûr de ta décision ? Tu ne pourras plus revenir en arrière, tu sais.

– J'ai bien réfléchi, Papa, et ma décision est prise.

– Si tel est ton choix, alors soit. Sache que je suis fier de t'entendre prononcer des paroles aussi sages, mon fils.

– Merci, Papa.

– Sinon, Papa, j'ai failli oublier, dis-je, ton cher neveu aimerait bien que quelqu'un lui apprenne à devenir comme toi.

– Quoi ?

– Oui, Tonton, j'ai tellement entendu parler de tes exploits et de tout ce que tu as accompli pour la sauvegarde des animaux que j'ai décidé de suivre tes pas.

– Tu veux faire la même chose que moi comme métier ?

– Oui, Tonton.

– Bon très bien, si telle est la volonté de mon neveu, j'accepte de t'aider et de te montrer comment y arriver. Mais je veux d'abord être sûr d'une chose.

– Oui ?

– Es-tu prêt à surmonter les obstacles sur ta route ?

– Je suis prêt.

– Bien, dans ce cas j'accepte de t'aider.

– Super ! sauta-t-il dans ses bras.

– Alors là, Michael, lui dit Molly, toi, le neveu du roi de la savane ? Frère, je t'envie !

– Oh que oui, ajouta Justin, donc tu es un membre de la famille royale de la savane !

– Oui, mais je ne vous donnerai pas trop d'ordres, ne vous inquiétez pas, dit-il d'un ton moqueur.

Nous nous mîmes tous à rire.

Le lendemain, Michael amena toute sa famille dans la savane afin de rencontrer la mienne.

– Mon chéri, tu peux m'expliquer où nous allons ?

– C'est une surprise, Maman.

– J'espère qu'elle en vaut la peine, ta surprise, car tu m'as enlevé de mes jeux vidéo.

– Ne t'inquiète pas, grand frère, tu vas être le premier à adorer.

Quand ils furent arrivés devant notre rocher, ma mère brossait la crinière de mon père avec ses griffes, les jumeaux jouaient et Scarfure m'apprenait comment utiliser ma queue comme une arme.

– Nous y sommes ! cria Michael. Bonjour, tout le monde !

Je courus vers eux les accueillir. Les parents de Michael étaient un peu inquiets à l'idée d'être avec des lions.

– Bonjour, tout le monde, leur dis-je.

– Attendez, pourquoi cette lionne parle et a la voix de Savana ?

– C'est normal, Maman, répondit Michael, cette lionne est Savana.

– Quoi ? Tu es devenu fou ! se moqua son frère.

Je me transformai. Leurs yeux faillirent sortir de leurs orbites quand ils me virent.

– Qu'est-ce que… Savana ?

– Bonjour, Barbara.

– Comment est-ce possible ?

– Je vous expliquerai tout après. Pour l'instant venez, j'ai une surprise pour vous.

– Une surprise ?

– Eh oui, Maman, tu vas voir, tu vas être époustouflée.

Perplexes, Michael et sa famille partirent en direction de ma famille. Quand nous fûmes tous face à face, nous nous transformâmes chacun à son tour. D'abord les jumeaux, ensuite mon frère et ma mère.

– Une petite seconde, Jacqueline, c'est bien toi ?

– Oui, Barbara, c'est bien moi. Comment vas-tu, ma chère belle-sœur ?

– Bien, je crois. Mais si tu es là alors… cela signifie que…

Mon père se transforma.

– Oui, petite sœur, je suis là.

Barbara en était devenue bouche bée. Ses yeux se remplirent soudainement de larmes, elle fit tomber le panier de pique-nique qu'elle avait en main.

– Jean ! Jean, c'est bien toi ?

Mon père tendit ses bras pour lui dire de venir dans ses bras. Sans hésiter, Barbara courut à toute allure et plongea dans les bras de mon père.

– Je n'en reviens pas que tu sois là sous mes yeux, dit-elle les larmes aux yeux, après toutes ces années je te retrouve enfin, grand frère.

– Je sais, petite sœur. Et sache qu'aucun jour ne passe sans que je ne pense à toi.

– Pourquoi es-tu parti sans prévenir ? J'étais si inquiète. Je te pensais…

– Chut, petite sœur, ne pense plus. Je suis là avec toi en bonne santé et bien vivant.

Il lui essuya les larmes. Je m'approchai d'elle.

– Tu vois, Barbara, je te l'avais dit. Dieu n'est jamais méchant, pas vrai Papa ?

– Exactement, ma chérie, exactement.

– Attends, Jean, Savana est ta fille ?

– Oui, elle l'est.

– Si elle est ta fille, elle est donc…

– Ta nièce, en effet.

– Je n'y crois pas ! exclama Dan, Savana est notre nièce et mon beau-frère est le roi de la savane ! Il va falloir tout m'expliquer depuis le début.

C'est ce que mon père fit. Il expliqua à la famille de sa sœur toute la situation et mon Dieu, les pauvres ne s'en sont pas encore remis au moment où l'on parle. Les adultes étaient rassemblés d'un côté, tandis que nous les jeunes, étions de l'autre.

– Je n'en reviens pas que tu aies eu à traverser tout cela, Jean, affirma Dan. J'espère que la vie de lion y compris de roi ne t'a pas trop épuisé.

– Pour tout te dire un peu, mais bon dans la vie le facile n'existe pas. Tout est travail et labeur.

– Et je vois que tu n'as pas non plus changé, monsieur le philosophe.

– Très drôle, Dan, très drôle.

– En tout cas, vos enfants sont trop adorables, dit Barbara en caressant les cheveux de ma sœur. Les filles ont bien pris de toi, Jacqueline.

– Merci, Barbara, mais je vois que tes fils ont plus pris de leur père que de toi.

– C'est la vie, chère belle-sœur, c'est la vie.

De notre côté, le frère de Michael n'arrêtait pas de nous poser des questions.

– Ça fait quoi d'être un lion ? Vous ne mangez que de la viande ou vous mangez aussi autre chose ? Ta queue te dérange-t-elle ? Ça fait quoi d'avoir une queue ? Vous aimez le chocolat ?

– Chris, détends-toi, lui cria Michael, permets-leur au moins de répondre.

– Désolé mais je n'en reviens toujours pas d'être le neveu et le cousin des lions ! Ça fait un peu de moi un lion et un prince de la savane. C'est vraiment trop cool !

– J'en conclus donc que tu n'es pas insatisfait d'avoir quitté tes jeux vidéo ?

– Oui bon, pour une fois ta surprise n'est pas nulle.

– Mais bien sûr.

– Ils ne s'entendent pas ou quoi ? me demanda Scarfure.

– Disons qu'ils sont comme nous avant mais qu'ils se détestent moins.

– Je vois. Je pense que je ne pourrai jamais me pardonner mon comportement misérable avec toi. J'ai été un si horrible grand frère.

– N'y pense plus. Nous avons fait la paix et la vie continue. Donc oublie.

– Plus facile à dire qu'à faire.

Je le pris dans les bras et me mis à rire.

Quelques jours plus tard, le directeur de l'école de Michael vint dans la savane. Ce jour-là, nous étions tous réunis, ma famille, mes amis et leurs parents. Molly et Justin étaient même là. Quand nous le vîmes, mes amis et moi sortîmes nos armes, prêts à attaquer.

– Attendez, baissez vos armes, je ne suis pas là pour vous attaquer ou vous faire du mal.

Michael se mit devant moi et me fit signe de baisser mon arme. À contrecœur, je la baissais et mes amis me suivirent.

– Que voulez-vous, Monsieur ? demanda Michael.

– Je suis venu pour vous présenter mes excuses.

– Vos excuses ? demandai-je.

– Oui. Sachez que je regrette infiniment tout ce qui s'est passé. La vérité est que je n'ai jamais voulu faire de mal à qui que ce soit. J'ai été intimidé et manipulé par Florence. Elle m'a toujours rappelé qu'elle était celle qui m'a permis d'acheter le lycée et elle me menaçait de me mettre au chômage si je ne faisais pas tout ce qu'elle disait. De peur de perdre mon lycée et de finir au chômage, j'ai dû accepter de la suivre. Je n'ai jamais rien voulu de cela. Pour vous dire vrai, j'ai toujours adoré les animaux et quand j'étais petit, je voulais même devenir vétérinaire, mais bon le destin a fait que je suis un directeur d'école. J'ai fait des recherches sur Florence et je me suis rendu compte qu'elle était en réalité une folle qui est sortie d'un hôpital psychiatrique il y a quelques années. Elle a voulu travailler dans les services sociaux, mais je pense qu'elle a pris son travail un peu trop au sérieux, ce qui a fait qu'elle a un peu perdu les pédales. J'ai expliqué la situation au maire et nous avons ramené Florence dans cet hôpital. Elle n'est désormais plus une menace pour personne. Pour vous dire que je regrette sincèrement et que j'espère que je pourrai gagner votre pardon et aussi votre amitié.

Nous ne savions pas quoi dire. Un long silence régna. Mon père se leva et alla vers lui.

– Si cet incident ne vient pas à se répéter, alors oui, je pense pouvoir vous accorder mon pardon au nom de toute la savane.

Mon père lui tendit la main en signe d'amitié.

– Merci beaucoup, Monsieur, répondit-il en serrant la main de mon père.

Depuis ce jour, nous n'entendîmes plus jamais parler de Florence. Comme le directeur l'a dit, elle fut ramenée dans un hôpital psychiatrique et plus jamais nous ne la revîmes. D'ailleurs le maire de leur ville a fini par trouver une nouvelle remplaçante. Elle s'appelait Marine. Elle était belle avec une peau noisette, des yeux noirs et de longs cheveux gris. Elle était très gentille et affectueuse avec tout le monde et contrairement à Florence, elle ne présentait aucune anomalie physique ou mentale. Elle était juste normale.

Une nuit, je regardais les étoiles à partir d'un arbre quand une voix retentit.

– Puis-je m'asseoir ?

Je me retournai et je vis Rage qui tenait quelque chose avec sa queue.

– Rage, qu'est-ce qui t'amène ?

– Eh bien, je n'arrivais pas à dormir alors je me suis dit pourquoi ne pas venir te rejoindre.

– Oh, OK, assieds-toi, dis-je en me décalant un peu.

– Merci.

Un petit silence régna pendant que nous regardions les étoiles. Rage rompit le silence.

– Il y a beaucoup d'étoiles ce soir, tu ne trouves pas ?

– Si, le ciel est magnifique.

Soudain, une étoile filante passa.

– Regarde Rage, une étoile filante. Il faut faire un vœu.

– Le mien est déjà exaucé.

– Quoi ?

Avant même que je m'en rende compte, il mit la fleur qu'il tenait sur sa queue sur ma tête, puis il se pencha et il m'embrassa. Rage recula soudainement.

– Je suis désolé si c'est allé trop vite. Je ne voulais pas…

Je me mis à rire puis nous nous embrassâmes de nouveau. Soudain, des cris et applaudissements retentirent. Nous nous retournâmes et nous vîmes nos amis, mon cousin et ses amis qui nous regardaient et qui criaient. Nous reculâmes de surprise.

– Qu'est-ce que vous faites là, vous tous ? criai-je, gênée.

– Ne prêtez pas attention à nous, nous dit Fauve, continuez.

En colère, je saisis une branche avec ma queue, puis je la leur lançai. La branche ne les toucha peut-être pas, mais au moins ils comprirent. Enfin seuls, Rage et moi nous embrassâmes pour la dernière fois sous les étoiles filantes de la nuit.

Une semaine plus tard, mon père fit une cérémonie pour informer toute la savane que j'étais devenue la nouvelle héritière. Toute la savane était présente. Mes amis et moi discutions quand Michael nous interpela.

– Hey, cousine, devine qui est là !

Derrière lui se trouvaient le directeur, madame Laye, sa famille et ses amis.

– Nous sommes tous venus te soutenir.

– Vous tous ? Ça fait beaucoup.

– C'est normal, cousine, tu nous as ouvert à tous les yeux sur l'importance de la préservation de la nature et nous avons décidé de venir à ta fête, en plus, nous avons une surprise pour toi.

– Une surprise ! Laquelle ?

– Tu le sauras bientôt, me dit-il en faisant un clin d'œil.

Ma tante s'approcha de moi.

– Je suis tellement fière d'avoir une nièce aussi dévouée que toi. Je vois que tu as bien appris de ton père.

– Disons juste que je fais ce pour quoi j'ai été créée.

Nous nous prîmes dans les bras. Soudain, Rage m'appela.

– Savana, ton père t'appelle. Il est l'heure.

– Je dois y aller, Tante.

– Vas-y ma chérie et montre-nous qui va être la reine de ces lieux.

Je sortis de ses bras, puis je courus vers le rocher où se situait mon père. Il prit la parole.

– Mes très chers amis et sujets, comme vous le savez tous, Savana et ses amis ont fait preuve d'un grand courage pour sauver notre environnement et par là, ils ont pris forme. Aujourd'hui, ils ne sont plus les jeunes humains que nous avons eu à former, au contraire, ils sont devenus des légendes pour nous et pour toutes les générations qui vont suivre. En tant que roi, j'ai l'immense honneur de vous présenter nos braves héros.

Mes amis et moi avancions pendant que tous les animaux et les humains applaudissaient. Des oiseaux nous mirent des couronnes de fleurs sur la tête. Nous nous mîmes à saluer la foule. Ma mère vint vers moi.

– Allez ma chérie, va faire un discours. Tout le monde a hâte de t'entendre.

Je m'avançai pour être vue par la foule. Tout le monde se tut.

– Merci beaucoup à tous pour ces encouragements et cette reconnaissance. Mais sachez que rien de tout cela ne serait possible sans mon cousin Michael.

Je lui fis signe de monter. Il hésitait au début, mais son frère le poussa pour qu'il monte. Darka le mit sur son dos et monta avec lui. Elle l'amena vers moi.

– Oui, sans cet humain ici présent, jamais je n'aurais réussi à vous sauver. En effet, lui ainsi que ses amis ont parcouru la ville à la vitesse de la lumière pour venir m'avertir du danger qui nous guettait. Sans lui, nous n'aurions pas pu agir à temps pour vous sauver. Remercions-les tous.

Tous les animaux se mirent à les applaudir en battant des pattes sur le sol. Des oiseaux leur offrirent des couronnes de fleurs comme les nôtres. Les trois étaient un peu émus de la reconnaissance et des applaudissements de tous, même si mon cousin n'avait pas cessé de rougir tout le long. Pendant que tout le monde les félicitait, mon frère Scarfure s'approcha et se mit devant nous. Les animaux se turent, certains faisaient un peu la grimace tandis que d'autres paraissaient un peu stressés. Mon frère les calma.

– Avant de commencer, je tiens à vous rassurer tous, je ne suis pas là pour vous insulter ou pour vous critiquer, au contraire, je suis là pour m'excuser.

Un grand cri d'étonnement fut poussé par tous les animaux. Il me regarda, un peu hésitant. Je lui fis un signe de tête pour l'encourager à continuer.

– En effet, je sais que c'est très surprenant de ma part, mais je suis là pour vous présenter mes excuses. À la suite des événements précédents, je me suis rendu compte de quel type d'être j'étais. J'ai été horrible avec vous et surtout envers ma propre sœur qui m'a sauvé de la mort. J'ai été un mauvais frère et surtout un prince médiocre et je sais qu'il sera difficile pour moi de revenir en arrière et de changer les choses, mais je vais essayer de faire un effort pour devenir une bien meilleure personne. C'est pour cela que je renonce à ma place de futur roi et la transmets à une personne un peu plus qualifiée et méritante que moi : j'ai nommé ma petite sœur Savana, l'ange gardien de la savane.

Je m'approchai de lui pendant que les autres animaux applaudissaient. Enfin, tous sauf deux : Flèche et Rock n'avaient pas tout à fait l'air contents de la décision prise par mon frère puisqu'en devenant les accompagnateurs du roi, ils auraient eu beaucoup de privilèges qu'ils ne risqueraient pas d'avoir avec moi. Mon frère et moi nous prîmes dans les bras. J'étais si fière de Scarfure. Il avait reconnu ses erreurs et il s'en était excusé publiquement. J'étais si contente que je ne vis même pas le reste de ma famille qui se dirigeait vers nous. Mes amis descendirent pour aller rejoindre Michael et ses amis. Après tout, il me semblait que Rage avait des excuses à présenter à quelqu'un.

– Salut, Michael.

– Salut, Rage, félicitations pour le titre.

– Merci, à toi aussi.

Il se racla la gorge.

– Je voulais aussi m'excuser de t'avoir jugé trop vite.

– Pardon ?

– Je me suis méfié de toi et je t'ai accusé d'essayer de me voler Savana, alors que tu essayais juste de l'aider et de réparer ton erreur. Je suis désolé.

– Ce n'est rien, mec, tu essayais juste de la protéger, et puis elle te manquait trop. Pas besoin de t'excuser. C'est au contraire à moi de le faire pour t'avoir pris ta Savana pendant aussi longtemps.

– Oui mais maintenant que je sais que vous êtes de la même famille, je n'ai plus de raison d'être jaloux.

– Surtout aussi que tu vas arrêter de vouloir détruire la personne qui prononcera son nom, dit Griffe en rigolant.

Rage le regarda avec des yeux si rouges que l'on pouvait penser qu'il allait en sortir du feu. Terrifié, Griffe se tut. Rage regarda Michael qui était un peu perdu.

– Euh…

– Ne cherche pas à comprendre.

– Bon, taisez-vous tous les deux ! cria Darka, Savana va pousser son rugissement.

– Son rugissement ? demanda Molly.

– Oui son rugissement, répondit Fauve, c'est le signe qu'un lion ou une lionne marque son début dans la royauté.

Savana va pousser son premier rugissement pour annoncer qu'elle est l'héritière et son dernier pour montrer qu'elle est définitivement la reine. Il y a trois ans, Scarfure avait déjà fait son premier rugissement pour montrer qu'il était l'héritier. Mais puisqu'il y a renoncé, Savana va pousser un rugissement pour démontrer qu'elle a pris sa place. Maintenant, quand le moment sera venu, elle va pousser son second rugissement pour démontrer qu'elle sera définitivement la reine.

– Donc il y a deux rugissements, dit Justin, le premier annonciateur et le dernier définitif.

– Exactement, répondit Lance.

– Seulement, si vous ne vous taisez pas, nous allons rater son rugissement, leur dit Darka.

Ils se turent tous puis ils regardèrent vers ma direction. Je me préparais. Je me transformai en lionne. Je pris mon souffle, je regardai tout le monde puis je me lançai. Mon rugissement était si fort qu'il aurait pu déraciner un arbre. Il résonnait de partout, et après, ma famille me suivit.

Quand j'eus fini, je regardai tout le monde qui m'applaudissait. Mes frères et sœurs sautèrent sur moi, me tuant presque.

– Tu as été formidable, grande sœur !

– Merci, Leonel.

– Je n'ai jamais entendu un rugissement aussi fort et puissant. J'ai même cru que tu allais faire effondrer le sol !

Je riais à la bêtise de ma petite sœur.

– Tu as été exceptionnelle, petite sœur.

– Tu parles, ton rugissement était plus fort que le mien.

– Je sais, tu étais même tombée quand je l'avais poussé, dit Scarfure en riant.

Une minute plus tard, je rejoignis mes amis.

– Ah, Son Altesse est là, me dit Cros.

– Très drôle, Cros, très drôle.

– Mais c'est vrai, nous n'avons plus la même Savana qu'avant, désormais nous avons la future reine comme amie.

– Vous savez que j'ai toujours été une princesse.

– Oui mais là, c'est différent, répliqua Lance.

– En tout cas, princesse ou reine, tu resteras toujours ma Savana. Enfin, notre Savana, rectifia Rage en rougissant.

Nous nous mîmes à rire pendant qu'il se grattait la tête, gêné.

– En tout cas, je suis très content pour toi, cousine. Je suis sûr que tu vas devenir une merveilleuse reine.

– Merci, cousin.

– Mais une minute, s'exclama Griffe, si Michael est le neveu du roi, cela signifie qu'il est un prince.

– Peut-être dans la savane, mais pas en ville, répondit-il en riant.

– Mais cela signifie que vous devez nous respecter et nous obéir, ajouta Chris.

– Vous respecter, OK, mais vous obéir, c'est très peu probable, lui répondit Darka. Dans la savane, seules trois personnes en dehors de nos parents ont le droit de nous donner des ordres : le roi, la reine et Savana. Scarfure peut-être.

– Et nous ? demanda Chris.

– Vous êtes juste des membres de la famille perdue, ça ne vous donne droit à rien sur nous.

Chris fit la grimace pendant que nous nous mîmes tous à rire.

– D'ailleurs cousine, as-tu parlé à ton père de ta relation ?

– Quelle relation ? demanda mon père en arrivant.

Je commençais à me sentir gênée. Je pris une grande inspiration.

– Oui, Papa, je voulais te dire aujourd'hui que Rage est devenu…

– Ton compagnon ?

– Comment as-tu deviné ?

– Disons que tes amis nous ont avertis.

– Quoi !

Je regardais les autres. Ils me firent un sourire pour dire « désolé ».

– J'espère juste que tu prendras soin de ma petite sœur, dit Scarfure à Rage en lui lançant un regard menaçant. Car sache que désormais, je tuerai quiconque fera du mal à mes petites sœurs.

– Et à moi, lui dit Leonel.

– Tu es un homme alors tu dois appendre à te débrouiller tout seul, petit frère. Mais je te protégerai quand même.

Ma tante s'approcha.

– Je suis si contente de retrouver mon frère et ma belle-sœur et de rencontrer mes neveux et nièces. Je vais pouvoir vous apprendre des tonnes de choses.

– À commencer par se comporter comme des humains, dis-je, parce que mes parents et moi, contrairement à eux, savons comment faire.

Encore une fois, un rire général fut poussé.

Depuis ce jour, je consacrais mon temps à m'entraîner à devenir reine. Mon père et mon frère me montraient les devoirs d'une reine et ma mère le comportement à adopter. Je passais de temps en temps en ville pour rendre visite à mon oncle et ma tante et ces derniers firent de même. Je me rapprochais de plus en plus de Michael et de ses amis, d'autant plus qu'ils avaient rejoint notre groupe de défenseurs de la savane. Quant à Nuage, j'aimais de temps à autre lui ficher les chocottes à chaque fois qu'elle embêtait mon cousin ou ses amis. Le directeur et ma famille étaient devenus amis et grâce à lui, le maire avait pris une nouvelle règle en ville qui était que tout individu osant faire du mal à la savane ou à ses habitants serait sévèrement puni.

La vie devint meilleure et j'appris une leçon importante : peu importe l'acte de la personne, nous pouvons voir du bon chez les gens que nous pensons mauvais tout comme nous pouvons voir du mauvais chez les gens que nous pensons bons.

Donc le mieux est d'apprendre à connaître avant de juger et de ne pas se fier aux apparences, aux commérages et surtout aux faux actes.

Structures éditoriales du groupe L'Harmattan

L'Harmattan Italie
Via degli Artisti, 15
10124 Torino
harmattan.italia@gmail.com

L'Harmattan Hongrie
Kossuth l. u. 14-16.
1053 Budapest
harmattan@harmattan.hu

L'Harmattan Sénégal
10 VDN en face Mermoz
BP 45034 Dakar-Fann
senharmattan@gmail.com

L'Harmattan Cameroun
TSINGA/FECAFOOT
BP 11486 Yaoundé
inkoukam@gmail.com

L'Harmattan Burkina Faso
Achille Somé – tengnule@hotmail.fr

L'Harmattan Guinée
Almamya, rue KA 028 OKB Agency
BP 3470 Conakry
harmattanguinee@yahoo.fr

L'Harmattan RDC
185, avenue Nyangwe
Commune de Lingwala – Kinshasa
matangilamusadila@yahoo.fr

L'Harmattan Congo
219, avenue Nelson Mandela
BP 2874 Brazzaville
harmattan.congo@yahoo.fr

L'Harmattan Mali
ACI 2000 - Immeuble Mgr Jean Marie Cisse
Bureau 10
BP 145 Bamako-Mali
mali@harmattan.fr

L'Harmattan Togo
Djidjole – Lomé
Maison Amela
face EPP BATOME
ddamela@aol.com

L'Harmattan Côte d'Ivoire
Résidence Karl – Cité des Arts
Abidjan-Cocody
03 BP 1588 Abidjan
espace_harmattan.ci@hotmail.fr

Nos librairies en France

Librairie internationale
16, rue des Écoles
75005 Paris
librairie.internationale@harmattan.fr
01 40 46 79 11
www.librairieharmattan.com

Librairie des savoirs
21, rue des Écoles
75005 Paris
librairie.sh@harmattan.fr
01 46 34 13 71
www.librairieharmattansh.com

Librairie Le Lucernaire
53, rue Notre-Dame-des-Champs
75006 Paris
librairie@lucernaire.fr
01 42 22 67 13

www.ingramcontent.com/pod-product-compliance
Lightning Source LLC
LaVergne TN
LVHW010432230826
846092LV00009BA/1136

* 9 7 8 2 3 3 6 4 1 5 5 2 9 *